你的4分33秒

당신의 4분 33초

李書修
이서수
謝麗玲 譯

推薦序——為噪音奮鬥

吳家恆

當一人出版社的劉霽與我聯繫，希望我為《你的四分三十三秒》寫推薦序時，我有點驚訝。文學並非我所擅長，說來沒什麼資格推薦小說；但我曾翻譯過《心動之處：先鋒派音樂宗師約翰·凱吉與禪的偶遇》，這應該是中文世界出版過最厚的一本凱吉傳記，或許是這個原因，劉霽想到了我。

很多人可能知道，〈四分三十三秒〉是凱吉最著名（或說惡名昭彰）的作品，即使對古典音樂或現代音樂沒有太多認識的人也知道這首作品。這本小說把曲名放入書名，想來有所關聯。至於是什麼關聯，那是讀者的工作，我不想代勞，也是讀者的樂趣，我不能剝奪。我在這裡能做的，就是介紹一下我所認知的約翰·凱吉。當然，讀者可以略過這篇推薦文，從小說去認識、想像凱吉。

「為什麼找我？」這個疑問稍平，另一個疑問又起：「為什麼是凱吉？為什麼不是貝多芬？為什麼不是梅湘或史托克豪森？」

想一想，對一位東方的小說家、韓國的小說家，選擇凱吉有其合理性。凱吉曾上過鈴木大拙的課，鑽研印度《拉摩克里希福音書》和黃檗的《傳心法要》，他的「機遇」概念是從《易經》

發展而來，日本、印度、中國的「東方」傳統智慧，都在凱吉身上烙下痕跡。

此外，韓裔美籍藝術家白南準也深受凱吉啟發。一九四七年，還在首爾讀高中的白南準聽到荀白克的音樂，大受震撼。他後來聽到凱吉的演出，如大夢初醒，把初試啼聲之作命名為〈向約翰．凱吉致敬：為錄音機與鋼琴所寫的音樂〉（Hommage à John Cage: Music for Tape Recorder and Piano）。而《你的四分三十三秒》也可說是向凱吉致敬之作。

一九一二年，約翰．凱吉出生在太平洋之濱的洛杉磯。加州地廣，當時人稀，洛杉磯還是個人口可能不到五十萬的城市。美國的移民是從東岸漸次往西，先來的人落腳東邊，後來的人就往西邊尋找機會。在凱吉邁入成年的一九三〇年代，不容於納粹或是躲避納粹迫害的猶太移民來到美國，很多人落腳西岸，其中包括拉赫曼尼諾夫、史特拉汶斯基，以及凱吉的老師荀白克。在美國幾波移民之中，這是素質最高、最敏銳、最前瞻的一波，是希特勒送給美國的大禮，也為剛成年的凱吉提供了思想的養分。

二次大戰，美國戰勝，牢牢控制住日本，也提供了日本文化流入美國的機會。鈴木大拙在美國弘法，宣揚禪宗，深入藝術、流行文化。這一點只要看看《星際大戰》就知道，絕地武士從裝扮到思想，都取自東方文化，尤達大師根本就是一位禪師。

凱吉身逢難得的歷史機遇，先後得到歐洲與東方文化的浸潤。西方從文藝復興以來，發展神速，其他文明難望其項背，但是此一優勢文明竟然會在二十世紀發生兩次毀滅性的大戰！人凌駕於神之上，機械科技突飛猛進，最後竟是一片斷垣殘壁？肉身遭到毀滅，心靈受到戕害，如此得來「進步」，有何意義？凱吉這一代美國人即使遠離戰火，也難以置身於「文明終結感」之外，加上發生了經濟大蕭條，與凱吉年紀相差不遠的詩人金斯堡、凱魯亞克（《你的四分三十三秒》主人翁讀了他的《達摩流浪者》）被稱為「垮掉的一代」（Beat Generation），不是沒有道理的。

上帝信用破產、不再值得信賴，值此心靈空虛之際，印度、日本、中國的思想成為寄託。而鈴木大拙英語流利、具有個人魅力，能直接以英文著書講課，更直接刺激了美國的年輕人。一九五二年，鈴木大拙開始在哥倫比亞大學講課，凱吉聽過鈴木在班上講世界的不確定性：存在的樣態不拘於一時一地，不只有一種面貌，一切都是變動不居，無法定義，無法掌控，甚至「動念即乖」（只要動了去掌握的念頭，就已經有所違背）。《傳心法要》即言：「諸佛與一切眾生，唯是一心，更無別法。此心無始以來，不曾生不曾滅；不青不黃；無形無相；不屬有無；不計新舊；非長非短；非大非小，超過一切限量名言、縱跡對待。」

鈴木所帶來的衝擊、由此牽引出的東方經典，為凱吉提供了源源不絕的思想養分。過了兩年，一九五四年，凱吉「創作」了〈四分三十三秒〉。

〈四分三十三秒〉並不是什麼都沒有，它的背後也不是什麼都沒有。凱吉一直在思索寂靜與噪音的問題，這一種陳述或回應方式。凱吉日後回憶他與荀白克：「雖然相處了美好的兩年，但對我來說越來越清楚——對他也是如此——基本上，他嚴肅看待和聲，而我不是如此。過了十或十五年後，等我嚴肅看待和聲學的時候，我甚至有更多的理由不學和聲學。但是當時看起來，我是錯的，而我感興趣的是噪音。我對和聲學沒興趣的原因是，關於噪音，和聲學根本說不上話。完全不行。」

甚至，凱吉認為荀白克提出的「十二音列技法」有太多的控制。「十二音列技法」的基本規則是：一個八度有十二個音，作曲家可以任意排列這十二個音，但是要在每一個音用到之後，音才可以重複使用。荀白克此舉是為了打破調性音樂的宰制，建立某種民主平等。在調性音樂中，最重要、最常聽到的就是do，荀白克要打破這種宰制，但他又造成了另一種專斷。這很耐人尋味，文藝復興是以希臘羅馬神明打破基督教上帝的壟斷，由此發展的科學文明經過幾百年，又形成另一種壓迫；荀白克在音樂上要打破此一「暴政」，結果形成另一種「暴政」。凱吉以《易經》為師，用隨機來破壞「十二音列」的限制。

我們必須把凱吉放在歐洲千百年來基督教控制下，反覆出現的順從與反抗的循環來看（凱吉的祖父是牧師），才能看出他的意義與顛覆性。如果我們斷章取義，以一種看馬戲的心態來看他的〈四分三十三秒〉，把它當成標新立異的噱頭，那麼，我們會看不到凱吉對當代藝術的影響。因為凱吉不是只會操作音樂的技術而已，他做了很多思想的努力，所以他也能欣賞當代的前衛藝術家，並與之對話。二十世紀視覺藝術的大人物，如杜象、馬克斯·恩斯特、馬克·托比、佩姬·古根漢，凱吉都過從甚密。

對凱吉來說，「噪音」與「寂靜」看似相對，但實為一體。凱吉曾進入哈佛大學一間隔絕一切噪音的房間，他以為自己會感受到絕對的寂靜，相反地，他聽到自己身體的聲音。寂靜並不存在。這次經驗直接促成凱吉提出〈四分三十三秒〉。讓樂音靜默，噪音才能自然而生。這不是一首作品，而是一種狀態。凱吉在去世前三年對訪談者表示：「在我的生活和作品中，我沒有一天不用到那首作品。我每天都聽那首作品……。我不是坐下來彈它；我是注意到它。我知道它是不斷繼續著。所以我在上頭放的心力越來越多。它尤其是我享受生命的泉源。」

也正因為〈四分三十三秒〉是一種狀態，而且不被凱吉所壟斷，所以每個人都得以詮釋這首作品，或許這是小說取名為「你的」四分三十三秒的原因。〈四分三十三秒〉是支持噪音的宣言，光是這一點就足以引起主流的撻伐，凱吉注意到：「噪音一直受到歧視；我身為感性受過訓練的美國人，要為噪音奮鬥。我喜歡站在弱勢的一方。」這樣的訊息，對於小說家李書修來說，應該格外有吸引力吧？

許多韓國影視作品映照出一個極為競爭、壓力極大的社會，一步一步、一關一關，沒有銜接好，就是滑落到社會底層，受到輾壓、歧視、羞辱。那樣巨大的代價足以讓大部分人乖乖就範，寧可選擇一條安穩卑微的路。凱吉對於傳統的違抗，可能在今天的韓國社會中實踐嗎？

我不認為李書修這麼樂觀，因為，凱吉（Cage）的意思是「牢籠」，就已經充分說明了今天的韓國社會，以及置身其中的無望。

0

——最後，李起同為了從人生所面臨的所有問題中解脱，決心變成約翰·凱吉。

——約翰·凱吉的老師阿諾·荀白克回想和凱吉一起度過的兩年時間時這麼説：

「比起傑出的作曲家，他更是傑出的發明家。」

這句話日後被證實真偽不詳。

1

—李起同在十歲的那一年，開始學徹爾尼百首鋼琴練習曲，卻一直無法升上徹爾尼三十。鋼琴教室院長每教他一首曲子都要花上兩個月，最後終於失去了耐心。他的學費總是拖欠三個月才交，這一天院長打定主意問他什麼時候才能補齊學費。他一時想不到適當的藉口，只好說媽媽生重病才遲交，院長佯裝相信，卻沒有繼續教下去。

—一九九二年夏，約翰．凱吉逝世。

—一九九二年夏，李起同的房間裡放了一台中古直立式鋼琴，他每天傍晚都會練習。有一天，住在他家前面棟的一個婦人，以手勢招呼他過去，並且對他說：

「實力進步不少啊。」

第二天，一隻死掉的貓躺在公寓大門前。除了嘴邊有血跡之外，沒有其他傷痕。由於是一隻黑貓，社區裡的小孩都來圍觀，大人也不敢碰觸貓屍。

他期待黑貓復活，黑貓卻始終一動也不動。

黑貓足足在大門前躺了一整天，後來用鏟子把黑貓拿起來的，正是前面棟的那個婦人。婦人把屍體放進垃圾袋，綁好開口之後，對著一直站在旁邊凝神注視的他問道：

「認識的貓嗎？」

「不認識。」

他坐在階梯上，等待每天傍晚都會來的垃圾車。過了一會兒，垃圾車就在吵雜聲中開過來。他眼睜睜看著婦人把垃圾袋丟入垃圾車壓縮槽，死掉的貓就和其他垃圾混在一起，壓縮截斷。

那一天之後，他總是避開那個婦人。

鋼琴也不再彈了。

—約翰．凱吉十二歲開始學鋼琴。

—李起同上小學期間，家裡一直都有訂英文的「訪問學習評量」[1]。每當他沒寫作業，時間一到他就跑到外面躲起來。有一天他正從二樓跑上三樓時被逮個正著。學習評量老師大聲喊叫他的名字，他假裝沒聽到一直跑向屋頂露台，女老師也一路追到屋頂。

1 訪問學習評量是家教的一種，有定量學習內容，老師會在約定時間帶學習紙到家裡，並且授課指導。

「沒聽到老師叫你嗎？」

「……聽到了。」

「趕快下來，今天不檢查作業。」

他開心地往樓下走。

那一天，女老師的作業檢查特別嚴厲，他感受到了什麼是羞恥。

—受腰痛之苦的媽媽，經常去韓方醫院，總是挨了針才回來，卻完全不見效果。又因為擔心醫療費用太高，沒有去西醫院治療。即使如此，媽媽總是說他以後必須當韓醫師或西醫師，並且把其他職業說得一文不值。他在學校的未來志向欄中，寫下「醫師」兩字，媽媽也在父母意見欄位中，大大寫下「同感」兩字。

—李起同的爸爸，給老婆留下一紙離家出走信後，就不見蹤影。信中的語氣就像上班族給公司的辭職信，寫著今後再也不想來這個家出勤了。

─班導問他父親的職務是什麼，他的「家庭環境調查表」上面沒有填寫。他只好隨口回答是課長。

媽媽填寫的家庭環境調查表，全部都是假的。租的房子變成自有住宅，失去音訊的爸爸，職業欄是舅舅任職的食品公司。

媽媽把爸爸留下來的皮鞋拿出來放在玄關，說家裡必須看起來有男人在。

─阿姨們經常到家裡來。媽媽租房子的時候，當時經濟狀況很好的阿姨們出借了一大筆錢。他一邊吃阿姨們買來的零食，一邊偷聽她們講話。只要他擺出天真的表情，就沒有人會覺得他的理解力有多好。阿姨們主要是說他爸爸的壞話，這時候媽媽總是閉口不語，一直到話題轉向批評姨丈們時，媽媽才會加入聊天。阿姨們經常問媽媽什麼時候還錢，媽媽會指著他這麼回答：

「我還不了的話，這孩子會還，還信不了我兒子嗎？他的志向是當醫生。」

「你功課好嗎？」

二阿姨滿臉驚訝地問道，他紅著臉低下頭。

他的學校成績通常是平均六十分左右。

─十三歲的時候，房間裡的電話響個不停，他接聽之後傳來爸爸的聲音。他並不知道是爸爸，但對方說是他爸爸。爸爸著急地說有事情要他幫忙：

「你把媽媽床上的床墊掀開來看看。」

他照做了。

「有看到最上面貼著存款簿嗎？還有圖章吧？」

「看到了。」

爸爸突然出現讓他驚慌不已，心臟噗通噗通跳個不停。

「你可以拿來給我吧？你們還住在那裡嗎？」

「那裡是哪裡？」

「幸運超商附近嗎？」

「不是，搬家了。現在住在公寓。」

「公寓？你媽賺大錢了？」

「阿姨們借的錢。」

「這樣呀。你可以帶上存款簿和圖章，今天晚上七點到幸運超商來吧？一定要來。」

「為什麼？這是媽媽存的錢。」

「不是，是爸爸留下來的錢。一定要拿來，如果你有存零用錢的話，也一起帶過來。」

「不去的話呢？」

「不來的話……搞不好你就會有弟弟了。」

他嚇了一大跳，隨即把電話掛上。電話鈴聲雖然再度響起，但他沒有接。他對媽媽隱瞞了這件事。

—約翰．凱吉出生的那一年，他父親發明了潛水艇。那艘保有最久潛水紀錄的潛水艇，由於氣泡會上升到水面，因此無法投入世界大戰。凱吉的父親目睹了戰爭的慘狀，宣布再也不研發武器，此後集中心力發明讓孩子歡笑的玩具。凱吉坐在倉庫的角落觀察父親，父親只有在思路堵塞時才會抬起頭，然後才注意到兒子坐在那裡。

—念中學的時期，李起同轉過兩次學。一開始他上男校，只上了一個月，接著轉到男女同校度過夏天和秋天。在轉入的頭一個學校，他瘋狂暗戀同班的一個女同學。

依照成績順序重新排座位時，他坐在那個女同學後面。女同學一邊哭一邊換位子。除了他之外，周邊的同學都低垂著頭。

女同學沒有跟他講過話。每當女同學梳頭髮時，他愣愣地望著她掉落的頭髮，失神地目不轉睛。

他趴在桌上假裝睡覺，偷聽女同學和朋友的對話。兩人壓低音量說話，並且省略核心用語。

「真的要做嗎？」

他一邊裝睡，一邊集中精神偷聽。她朋友再次追問：

「要做嗎？」

女同學沒有回答。他已經知道女同學和聖經聚會中認識的男學生正在交往，兩人會在大人不在的時候牽手然後放開。每當這種時刻，他的視線總是看向他們的手和臉。

「要怎麼做呢？嗯？」

朋友催促她回答，但女同學好一陣子沒有說話。他心裡想著女同學到底想要做什麼？

「不行吧？」

「不行啦，當然不行。不過，我不知道啦，聽說有些人已經做了。」

他的臉逐漸發熱，想像力朝向他所不願意的方向飄去。上課鐘聲一響起，朋友回到座位上去，他才把頭抬起來。額頭上留下一個又紅又圓的印子。

—李起同曾經短暫上教會，因為他暗戀的女同學負責教會的鋼琴伴奏。他充滿熱忱地唱詩歌，但是女同學並沒有發現坐在信徒座位最後排的他。就算在學校裡，他一樣只能盯著女同學的後腦勺。他努力背誦詩歌，彷彿那樣就能和女同學對話。

在他背誦詩歌第八十八篇時，女同學和同班的男同學開始交往。

他一邊哭一邊唱第八十八篇：

「即使全世界都拋棄我，主耶穌也不會拋棄我，會照看我到最後……」

—曾經暗戀凱吉的女同學，最後還是沒辦法向他告白。對十多歲的少女來說，凱吉就像難以靠近的小大人，加上他的成績總是獨占鰲頭，臉上充滿了自信。

—男女同校的中學班導，是頂著一頭爆炸捲髮的女老師，教授課目是英文。臉上雙眼細長、鼻梁尖削、顴骨突出，總是像搖滾樂團主唱一般活力充沛。

放學前的班導時間裡，班導拿起一張紙說：

「有下面這些情況的舉手。」

同學們抱住書包，等候老師接下來的話。

「曾經被同學、學長姊搶過錢和東西的人舉手。」
沒有人舉手。
「曾經被班上同學霸凌或欺負的人舉手。」
沒有人舉手。
「曾經霸凌或欺負過班上同學的人舉手。」
沒有人舉手。一片沉默。
「曾經出入青少年禁止進入場所的人舉手。」
沒有人舉手，兩個同學打了哈欠。
「知道哪裡有販賣禁止出售給青少年物品的人舉手。」
沒有人舉手，男同學無聊得抖腳。
「曾經被誘導加入暴力組織的人舉手。」
沒有人舉手，女同學拿出鏡子打量自己的模樣。
「曾經吸過瓦斯或強力膠的人舉手，只有一次也算。」
沒有人舉手，男同學們嘆了一口氣，雙手環抱。
「知道穿著不整、態度不良青少年祕密基地的人舉手。」

沒有人舉手，有四名同學開始趴在桌上睡覺。

「持有刀子或其他銳利凶器的人舉手。」

沒有人舉手，班導嘆了一口氣說道：

「其他的就大致跳過……好啦，最後一個，趕快回答完就放學吧。」

班導這麼一說，大家都端正坐好。

「在校園內曾經遭受性暴力的人舉手。」

男女同學同時間一起爆笑。

—李起同剛轉學到男女同校的中學時，仍然穿著先前的學校制服。媽媽雖然去過制服專賣店，但是剛好沒有合身的尺寸，必須等上一個月才有。那段時間裡，他上學經常在校門口被糾察隊和訓導老師攔住。

「你，過來。制服是怎麼一回事？」

「轉學過來的。」

「就這樣？」

他不知道該怎麼回答，只能沉默不語。訓導老師拿在手中的長棍子連連晃動，示意要他進去。

第二次轉學到男子中學，他又穿了一個月舊制服，同樣在上學時被攔下來。

「你，過來。制服是怎麼一回事？」

「轉學過來的。」

「所以呢。」

「啊？」

「這不是本校的制服。」

「我也知道。」

「穿這樣來上學是想怎樣？你媽媽是做什麼的？」

「做紫菜飯捲的。」

「那麼，至少你應該好好表現不是嗎？」

「啊？您說什麼？」

—李起同第二次轉學到的男子中學，班導教國文。國文是他成績最好的科目，通常至少會有八十分，讓他多少比較安心。班導坐在他和媽媽的對面，看著手中的生活紀錄本說道：

「既然已經進到了四大門[2]之內，從現在開始真的必須很努力才行，知道吧？」

進到四大門之內這句話，讓他感到很陌生，一時呆住了。媽媽開口說：
「會努力念書的。」
班導打開學生名簿，指著一個戴眼鏡的男學生照片說：
「這個學生智商是一六〇，當然是班上的第一名。就算你很努力，在這裡也不容易。你的智商多少呢？」
他沉默不語，媽媽果然也無話可說。
「從現在開始會打起精神，努力念書的。」媽媽很尷尬地笑著說。
「但是，為什麼這麼常轉學呢？」
「是因為我……工作的關係。」
「您經常換工作吧？」
「是的，是這樣。」
他沒有轉頭看能夠若無其事說謊的媽媽。二阿姨的長子預計要念醫學院，媽媽一開始就是為了這個表哥才決定搬家，因為要讓他去上表哥接受的家教，也報名了表哥上的補習班。但是，

2「四大門」是指四座城門（東西南北門）所圍起來的漢城（首爾舊名）內，以往是兩班貴族、科舉及第者聚居之地，如今衍生意指好學區。

媽媽和二阿姨因為錢的問題吵架，一怒之下又搬了家。

「您們原本住得有點遠呢。想進到四大門的人雖然很多，您們那裡幾乎算是鄉下了。」

他有點生氣，媽媽卻只是羞澀地笑著。班導稍微伸直了腳問：

「不好意思，請問您做什麼工作呢？」

「在紫菜飯捲店工作。」

「啊，紫菜飯捲店。」

班導好一段時間沒有說話。他沒有轉頭看媽媽，心想媽媽應該滿臉通紅吧。但是他假裝挺腰坐直時，偷偷瞄了一眼，媽媽的表情很坦蕩。

—據說是班上第一名的那個男學生，是班上最矮的，依照身高順序排座位，李起同坐在他的旁邊，班上同學視他們倆為小矮人。他之所以必須等上一個月才拿得到新制服，就是因為他的身高離標準身高還差一大截。他穿著制服去紫菜飯捲店等媽媽的話，廚房阿姨們嘴裡會發出嘖嘖聲響，一臉同情地看著他，然後指著書包，一副這也太不適合的表情說：

「孩子呀，你看看，書包都快把你壓扁了。」

——李起同的好朋友就是那個總是第一名到很膩的一等。一等去的教會在學校旁邊，是那一區最大間的教會。媽媽知道他和一等是好朋友之後，總是做很多紫菜飯捲讓他帶去，並且囑咐他和一等分著吃。一等很喜歡紫菜飯捲，他說自己的媽媽真的很不會做飯捲，不是中間的紫菜爆開，就是裡面材料的水分沒有充分瀝乾，讓外面的紫菜變得像海菜一樣黏糊糊的。

「說吧，你媽希望我做什麼？每天都做我的紫菜飯捲，讓你帶來的理由是？」

「還會是什麼呢？」

一等了然於心地點點頭。他在一等推薦下，終於進入一等去的教會讀書室。那是附屬於教會的讀書室，只收成績排名維持在前段的學生，看不到任何學生在聊天。他坐在一等旁邊，拿出測驗卷練習題和教科書開始讀。所有人都必須遵守專心念書五十分鐘、休息十分鐘的時間表。在位子上坐下，過了五十分鐘後，擴音器裡傳來鐘聲。他剛打算從座位上起身，一等就一把按住他的肩膀，這時從擴音器裡傳出肅穆的聲音。

所有人都聚攏雙手、閉上眼睛，開始同聲禱告。坐在旁邊的一個學生一邊抽泣一邊禱告，坐在角落的一個學生以方言禱告。門突然打開，牧師走了進來，他趕緊閉上眼睛，只動動嘴唇沒有發出聲音，卻引來牧師把手放在他的肩膀上，他正想抬頭看時，牧師說：

「大聲一點！」

—李起同總是想像著把所有重要東西都裝在一個後背包裡，背著這個背包離開到某個地方去。一等無精打采地問：

「不會是因為生活在一個不知道何時會爆發戰爭的國家裡才這樣吧？」

「才不是。你從來沒有想過離開去遙遠的地方嗎？一次都沒有？」

一等沉默了好一會兒才說：

「醫院。」

「為什麼要去那裡？」

「想要住院，越久越好，那不就可以什麼都不做，只要躺著就好了嗎？」

一等一臉呆滯，盯著桌邊的一角。他不敢再往下問。

「你可以躲在小巷子裡，拿鐵鎚往我頭上打一頓嗎？」

一等毫無笑意地說。

「你沒有得第一名的話，你爸媽也不會打死你。」

「雖然是這樣沒錯，不過，如果變成那樣的話，我會先從屋頂跳下去。」

他每次看到一等笑的時候，總是覺得悲傷。沒有比一等笑的模樣更悲傷的情景了，因為他只有在考試成績公布那一刻才會笑。

—李起同的家距離教室只需花五分鐘，從校門口算的話是三分鐘。

走進像迷宮一樣的小巷，走著走著就會看到他家大門。大門旁的花圃裡種著牽牛花，房子裡住著他家和另一戶人家。房子有前後門，他和媽媽只從後門進出。使用前門的房東其實也是租客，瞞著屋主偷偷把有獨立廚房和衛浴的房間出租給他家。

在他家裡出沒的蟑螂有他手掌那麼大，他心想要是讓他家蟑螂和老鼠對戰，可能都還有勝算。一等不相信這事。有次一等對他說，以後的人不必看報紙，在電腦上就能看新聞，他於是提起了蟑螂的事。他雖然覺得一等所說的事根本不可能，但是莫名覺得自己也應該說些什麼神奇的事，於是說起他家的蟑螂。一等比了比兩人的手掌，直斷沒有這麼大的蟑螂。接著又想到了什麼似的，鄭重地問道：

「你家是什麼時候蓋的？」

「好像是韓國戰爭結束後蓋的。」

一等陷入了一陣苦思，說他不會收回剛才的話。

不久之後，他家變成了放學後進去喝水的地方。班上同學口渴的話會進去他家，他就會遞上水，他們只是喝了水便走。

他媽媽驚訝地問：

「為什麼會這麼渴呀？」

「不知道，他們說口渴。」

「這樣啊……」

一等也經常到他家喝水。他們站在水泥塗裝的傳統式廚房裡，看著牆壁上的裂縫喝水。他們拿到水杯時會說：「謝了。」他為了聽到這句話，都會給他們水，不會趕他們出去。

—亞洲金融風暴爆發那一年，二阿姨離婚了。他媽媽把二姨丈痛罵了一頓。二阿姨在離婚之前，不斷勸他媽媽離婚。

二阿姨到家裡來拜訪，還帶了大兒子的成績單來。和他同年齡的表哥是班上第二名，二阿姨說要讓兒子去念醫大，兒子的數學成績和科學成績特別優秀。他媽媽只是扯著裙襬的線頭，不發一語。他心裡正準備著，情況需要的話，就把很久以前爸爸打電話來的事說出來。

還好二阿姨沒有說要看他的成績單。

—原本要念醫大的表哥，一進入高中卻變了個人。他騎著轟隆作響的摩托車，前來參加親戚的葬禮。表哥走向他，偷偷地問：

「《心跳》看了沒？」

或許是受到表哥的影響，李起同中學畢業典禮一結束就陷入深沉的苦惱中。繼續當一個功課不好的普通學生活著？還是當個不會念書但是會騎摩托車的小混混？一直到高中開學日前夕，他仍然猶豫反覆，無法下定決心。於是在什麼都沒有改變之下成為高中生，依舊是功課不好的普通生。

大約是那個時候，傳染病開始流行。四處都謠傳染上病的話，十幾歲的歲月就算全完了。儘管班導們警告大家要小心，還是不斷有人感染。

不管玩什麼遊戲，他都會搞砸，更別提《星海爭霸》。

—李起同的高一班導是數學老師。班導叫他上台解黑板上的數學題，他拿著粉筆寫下事先背熟的解法。結果，班導訝異地看了他一會兒，要求他說明。

「圖為什麼會是那樣？」

「公式解開的話就會這樣。」

「所以說，為什麼會那樣？」

「因為公式解開了。」

班導瞪著他，慢慢地問：

「所以說，公式解開的話，圖為什麼會變成那樣？說一說因果關係。」

由於他只是硬背解法，沒有辦法回嘴。更慘的是，他不理解班導的質問。他沉默了好一陣子，才拿起板擦把剛才所寫的全部擦掉。

「那個為什麼擦掉？」

「因為好像寫錯了。」

「沒有錯，只是要你說明。」

他沒有做任何說明，直接走回座位坐下。

「不到前面來嗎？」

他趴到桌上，把臉蓋住。

那個時期他和班導的關係一直不好，班上同學也瞧不起他。

—黑板上出現的幾個圖形，在凱吉眼中就像相互關連的抽象畫。他不去看各個圖的X軸和Y軸，而是把曲線視為拉長的連結，形狀先是彎彎曲曲，然後往下降落。除了暗示方向性外，看不出什麼意義。

數學老師一叫他的名字，他就走到黑板前面解題，比答案本上面提示的方法簡單多了。數學老師沒有要求他說明，在驚喜和讚美聲中目送他走回座位。

—經濟大蕭條期間，凱吉到任何地方都會看看有沒有流浪漢。他會走向他們，問他們是否需要幫助，對方通常會叫他「滾開」。凱吉毫不畏縮，會告訴他們不要放棄希望，大多數流浪漢會向他扔垃圾。

凱吉回到家裡，在只有一碗稀湯的餐桌前坐下。父親白天也去了就業輔導中心，仍然沒有找到工作。（父親宣布再也不製造武器，正在頑強苦撐。）開動之前父親開始謝飯禱告，禱告還沒結束母親就哭了起來。凱吉一說出不要放棄希望，父親隨之發出冷笑。

他們不發一語，結束用餐。

—李起同的媽媽堅定地認為兒子一定可以進醫大，即使他的平均分數只有七十分。

媽媽每次在成績單上簽名時，總會猶豫一段時間。右手拿著筆，彷彿要把成績單看穿。每當這種時候，他的心情就像在媽媽心口上開了一槍。

「別放棄希望，這不算什麼，會更好的。」

他懷抱希望，努力生活直到長大成人。凱吉和他的弟子們卻選擇不同的路，凱吉的弟子白南準曾經說過這樣的話：

「學到了既然在遊戲中贏不了，那就改變規則吧。」

然而，他還沒有遇到凱吉，在那之前，他還有好長一段路要走。

2

—有一天，一個模樣寒傖的大叔打開他家玄關門，突然走進來。李起同以為是推銷員，正想開口喊叫，仔細一看才發現是他爸爸。（他能夠這麼快就認出是爸爸，也算近乎奇蹟。）他媽媽驚嚇之餘跑進房間，嗚嗚咽咽哭了起來，然後打開衣櫃拿出清心丸[3]，隨便咬幾下吞了下去。爸爸安靜地看著媽媽，然後問：

「有吃的嗎？」

—凱吉的父親最常對妻子說的話，是下面這一句：

「今天晚餐吃什麼？」

這一天，妻子勃然轉身，繫在厚實腰間上的圍裙幾乎飛了起來，回嘴問：

「吃什麼？你到底對我有什麼期待？」

「老婆，我只是問晚餐吃什麼而已。」

「為什麼每個人看到我都問同樣的問題？真該死，以為我就不想問別人晚餐吃什麼嗎？」

—李起同的爸爸一整天都在睡覺，就像森林中的睡美人一樣。爸爸橫躺在電視機前面睡覺，他經常靜靜打量爸爸的臉，尋找兩人的相似點。接著爸爸會突然睜開眼睛，猛然起身，然後跑回自己的房間。

—李起同高三時，原本就無論睡著或清醒，都煩惱著大學入學考試，爸爸突然回來後，讓他更心煩。再加上學校裡的學生約好穿上灰色T恤，到處吵吵鬧鬧。他就讀的私立高中曾經有最惡劣的私校舞弊臭名，有消息說財團理事長和親信要重新掌權，學生們發起了集體剃頭抗議。

「你要剃嗎？」

他以頭皮上痘子太多為理由拒絕了。

—他家樓下的啤酒屋直到凌晨仍然喧鬧吵雜，李起同的爸爸也是常客之一。他結束夜間自習回家時，坐在戶外座位的爸爸會招手叫他過去。他正要在對面的椅子上坐下時，爸爸一言不發，猛然將裝爆米花的盤子推過去，盤子在掉落前停了下來。他突然明白爸爸知道會有這樣的結果，而且很享受自己的表演。

3 居家常備的急救藥品，用於退熱降火、鎮靜安神。

他想多知道一些關於爸爸的事情。

－他爸爸只有喝醉時話才會變多。

「釜山、大邱、江陵、濟州、木浦、麗水、咸陽、清州等等，沒有地方沒去過，幾乎所有地方城市至少都停留過一兩次。」

「您靠什麼生活呢？」

「打零工過活，農村裡有工作可做，也去過建築工地。我買了摩托車，騎那個去上工。」

爸爸從皮夾裡抽出一張照片，遞給他看。照片中的爸爸比現在年輕很多，穿著波卡圓點襯衫，戴著墨鏡，跨坐在摩托車上。他看著照片什麼話都沒說。

「會騎摩托車嗎？」

他搖了搖頭。

「騎上去就行，沒什麼特別的。想要跟著我的話，一定要會騎車。」

「媽媽呢？」

「坐我後面不就得了。」

爸爸笑了起來，點了更多啤酒。

但是，一到隔天，爸爸就變回原來的樣子，面對家人的臉上毫無表情。他從觀察爸爸中領悟到，喜歡喝酒的人，喝酒後所說的那些充滿希望的話，在現實中幾乎不可能實現，而且也只有確實領悟這一點的人，才會在喝酒後說出那樣的話。

他不知道是酒讓人變得寒磣，還是人讓酒變得寒磣，倒是希望能讓人變得寒磣，這一點從他爸爸身上隱約可以知道。

—他吞吞吐吐地試著問他爸爸。爸爸神色自若，一邊抓背一邊說：

「你媽大吼大叫說，你要是進不了醫大都是我的錯，所以才回來的。」

「真的是因為這樣才回來的嗎？」

「大學入學考試那天，全國上班時間全都延後，試場附近直升機不能靠近，這可不是普通的事，可見是多麼重要的考試。」

他沉默了一會兒說：

「我功課不好，而且醫大是理組學生去念的，我是文組的。」

爸爸要把他看穿似地盯著他，然後說：

「現在是在說你媽瞎胡鬧嗎？」

他實在無法說出可以這麼懷疑，躡手躡腳地從位子上逃開。

—凱吉拿起布滿灰塵的《蒙田隨筆集》。經濟大蕭條的餘波下，圖書館附近到處都是流浪漢。凱吉現在不會對他們說不要放棄希望，也不再說冒失的話了。

這本十六世紀撰寫的書又厚又重，他身邊沒有任何人讀過，就連老師們也沒將書全讀完。哲學老師雖然推薦過幾本摘錄蒙田思想的書，但是他想看蒙田親自寫的文句，只是為了把書全部讀完，必須發揮過人的耐心才行。他花了十五天的時間達陣，得到他想要的，那就是半頁筆記本的重點摘錄，乍看之下一點都不重要。（但是日後這些都成為約翰．凱吉音樂創作和人生的思想核心。）

「蒙田對所有事存疑，但不曾懷疑變化和多樣性的價值。在原處停止不動，就稱不上是活著的生命體。停止即死亡。」

—高三學生的臉和強制收容所裡拘留的囚犯沒什麼兩樣。

高二時有些同學認為升高三是不可能的事，因為他們堅信二〇〇〇年到臨時，比千禧蟲更厲害的超自然力量會發揮作用，把地球引向措手不及的滅亡。狂熱的信徒也包括李起同。他結束夜間留校自習，走在回家路上時抬頭仰望夜空，心裡想能夠看著這片天空的日子，現在也所剩不多了呀。

—一九九九年的最後一天，李起同坐在書桌前面，雙手合攏，懇切地祈禱。和爸媽的訣別儀式也已經完成（當然是只有他本人才知道的告別式）。然而，二〇〇〇年在一秒之內，輕快敏捷地安全到臨。

什麼事都沒發生。

什麼事都沒有。

—李起同反覆在日期欄中寫下一九，擦掉後又重新寫上。不只是他，所有人都在適應以二〇開始的日子，多少需要一些時間。二〇〇〇年成為高三學生，他對自己的處境感到心寒。班導公布了升學諮詢時間表，但是他找不到自己的名字。只有班上前十五名的學生才能夠得到升學諮詢。

—凱吉的班導建議他念波莫納學院，他在諮詢結束後淡淡地說：

「我會參考的。」

—李起同在圖書館狹窄的書架間搜尋，找到了《車輪下》這本書。他和同學們曾經在國語課上對這本小說展開論辯。他說赫曼·海爾納親吻漢斯·吉本拉德並不是同性戀之舉，而是接近友情，引來班上同學各種嘲弄。雖然之前從來不曾發生過，這一次他並沒屈服而改變意見。

他靠著圖書館的牆角坐下，開始閱讀《車輪下》。

—看過《車輪下》的人，大部分會說這本小說描述漢斯為了不跌落輪下而掙扎，結果仍然被車輪輾壓的故事，但是凱吉的想法不一樣。他關注的是赫曼，那麼聰穎的一個天才，卻總是徬徨迷惘的少年，終於在世界所強加的規則擺布下，變成一個平凡的大人，這個結局讓他感到非常悲傷。

—不管怎麼努力，他都無法逃脫。那不是陷阱，不是監牢，也不是死亡。李起同看著窗外，用眼睛探索那到底是什麼。

—凱吉思索著有某種不管怎麼努力都無法逃脫的東西，那不是陷阱，不是監牢，也不是死亡。凱吉看著窗外，用眼睛探索那到底是什麼。那就是存在本身。

—「人不管怎麼努力都無法擺脫自我。」

李起同拿著雕刻刀，在書桌上刻下這句話。他的同桌撕下包口香糖的鋁箔紙，開始包住整個桌面。在光線照射下，從遠處看來閃閃發光。

班導用木棍在他們屁股上各打十下後，要他們把桌子恢復原狀。

他一直等到學校空無一人時，潛入隔壁班，開始調換桌子。

—從隔壁班傳來哀號，大家都抬頭看向靠走道的窗邊。

「不是！不是我！」

隔壁班的某個人大聲喊叫著。

—大學入學考試倒數第一百天時，李起同開始物色適合溺水自盡的海邊或河流。

—他爸爸在家附近的市場閒逛，發現了一間空店面，不久後，她媽媽成為紫菜飯捲店的老闆。爸爸端來燒炭的爐子，賣起了烤紫菜。烤紫菜和紫菜飯捲的組合讓客人驚豔，生意很不錯。媽媽每天都笑咪咪的。一切都讓他覺得，只要他入學考試考得好，就能迎來這個家庭的幸福頂點。

他經常消化不良。

—凱吉決定從大學休學，決定性契機是考試成績。考試前夕他到圖書館去，所有人都在讀相同參考書的模樣讓他感到驚訝。他只挑選沒有人看的書，然後就去考試。考試成績是A。教授們無法理解他。退學之前和他進行商談的指導教授，認為他太傲慢。

凱吉很早就知道，自己和別人不一樣，而這就意味著，如果不好好照顧自己，他將會過著非常不幸的人生。

—李起同的媽媽在真空吸塵器的吸口，扯下兒子藏在床底的模擬考試成績單。慘不忍睹的光景在她眼前展開。

「這個成績有學校可以念嗎？」

「有是有，但那種地方不去比較好吧。」

他努力讓自己聽起來沉著平靜。

「那麼，你以後要怎麼辦？」

「先去找打工機會。」

媽媽凶狠地瞪著他。

「重考，媽去貸款。」

「不要。」

「你不要也得要。媽媽拚命賺錢是為了什麼，你不念大學的話，一切都完了，完了。」

他沒繼續反駁，媽媽的眼神讓他投降了。爸爸不在的時候，他是媽媽的一切，對他來說媽媽也是一切，曾經是。

大學入學考試倒數五十天，他跌落黑暗中，連一顆反射幽微光線的小石子都找不到。

—「臉怎麼這副德性？」—

一等在走廊上看到李起同，這麼問他。他什麼話都沒說，只是呆呆盯著拖把剛拖過的地板。一看到濕漉漉的地板，感覺上就像自己的褲子也被弄濕了，心情很不好。就算是陽光耀眼的晴朗日子，心情也好不了。曬衣繩上飛揚的曬乾衣物，看起來簡直像就要乾涸而死一樣。起風時，運動場揚起的沙土和灰塵，還有搖晃的樹枝，都能讓他變得憂鬱。所有事情看起來都在歷經衰退，朝向無而去的過程。

—那個冬天特別寒冷。凱吉把自己關在房間裡，在筆記本上塗塗寫寫。他曾經認為自己總有一天會成為作家，如今這個夢想越走越遠，因為他腦海中闖入了其他世界，浮現了比小說更穩固，不會倒塌的形態，譬如建築之類的。

他認為仔細檢視自己，找出適合的道路，是一種義務，正苦心思考。

最接近完美無缺的藝術是什麼呢？

客廳裡傳來貝多芬的〈月光奏鳴曲〉。

—李起同突然抬起頭。抬頭的學生只有他一人，監考老師看著他，以為他要索取新的答案卡，一手拿著新的電腦閱卷答案卡。他搖搖頭，監考老師也搖搖頭，放下手中的答案卡。監考老師用眼神示意他看時鐘。

十分鐘後一切都結束了。他的寒窗時期只剩下最後的十分鐘。鐘聲一響起，從那一刻就再也不是十多歲，而是成人了。從死刑台上活著回來。

他看著試卷試圖集中精神，腦中卻一直響起音樂聲，是他小時候最常練習的曲子，貝多芬的〈月光奏鳴曲〉。

鐘聲響起後，坐在最後面的學生開始收答案卡。監考老師一走出考場，騷亂像滾滾煙塵一樣爆發開來。

—李起同沒回家，他去高速客運站看了往江陵的車班。逃跑這件事比想像中的簡單，沒有任何人來抓他回去。買了車票、坐上車就可以了。抵達江陵後再搭計程車到最近的海邊，這個時間應該沒有遊客，輕輕鬆鬆把衣服和鞋子脫掉，跳入海中，一切就結束了。

他坐在候車室，看著往來的人群。後來感到肚子餓，拿出先前吃了一半的便當，全部吃完後睡意襲捲而來，坐在椅子上開始打瞌睡。

媽媽在準備紫菜飯捲的材料，看到他回來，若無其事地說：

「趕快洗一洗睡覺，辛苦了。」

媽媽沒問他做什麼去了，子夜才回來。他一邊洗澡一邊流淚，考試已經結束的真實感才遲遲湧現，眼淚一下子縮了回去。拿起毛巾的他，臉上露出大大的笑容。

班導要他們寫預測成績，他寫下一百九十分。

他沒填寫入學申請書。一等因為考試時胃痙攣，去不了首爾大學。

—凱吉去了歐洲。

他看著哥德建築式樣的教堂，心裡想著這或許就是他苦苦尋找而彷徨的東西。尖銳、複雜、巨大，就好像他一樣。

老師問他：

「必須將你的一生投身在建築上，做得到嗎？」

凱吉感到不安，雙腳顫抖著說：
「一定要那麼做才可以嗎？」
「你現在的情況就算那麼做都不夠。做決定吧，做得到嗎？」
凱吉什麼都沒回答。
第二天他逃亡似地打包行李。

—KTV老闆讓李起同在對面坐下，手臂交叉問道：
「下個月畢業嗎？」
「是。」
「有打工經驗嗎？」
「沒有。」
「知道時薪多少錢才來的？」
「聽說兩千圓。」
「才不是。」
老闆鬆開手臂，搖手否認。
「那是用體力的工作，光是在KTV櫃台老實坐著，當然不會給那麼多。」

「那是多少呢？」

「一千七百圓。」

他沒回話。

「要做嗎？」

「我想一想再過來。」

「隨便你，就算不是學生，想做的人多的是。」

唱片行老闆讓他在對面的位子坐下，手臂交叉問道：

「喜歡音樂嗎？」

「是，喜歡。」

「喜歡誰？」

「申昇勳。」

「不是，流行歌曲之外的。」

「我只聽流行歌曲。」

「查特．貝克、比莉．哈樂黛、塞隆尼斯．孟克，沒聽過嗎？」

「……沒有。」

「那為什麼來應徵？」

「聽說時薪兩千圓。」

「誰說的？」

「不是嗎？」

「那是給大學生的，不可能給高中生那麼多。」

「但是下個月就畢業了。」

「那也還是高中生，不是嗎？」

「那麼是多少呢？」

「一千六百圓。只要在櫃台老實坐著就可以了，不可能給更多。」

「我想一想再來。」

「不來也可以，今天傍晚有音樂大學的學生要來面試。」

他正要在對面的位子上坐下，披薩店老闆開口阻止：

「不必，沒必要坐。說吧，你想要多少？」

「……一千八百圓。」
「知道了，走吧。」
「面試結束了嗎？」
「我們想找女學生，所以可以走了。」
「外面玻璃門上寫著性別不拘。」
「剛剛改變主意了，去其他地方找找看吧。」

咖啡店老闆指了指對面的位子要他坐下，隨即問：
「住附近？」
「是，距離十分鐘。」
「這裡週末客人很多，動作要很快才行，有信心嗎？」
「我會努力的。」
「優點是什麼？」
「什麼？」
「說說看你的優點。」

他開始流汗。室內的暖氣開得很強，即使是寒冬，老闆也穿著單薄的女用襯衫。他對自己有什麼優點，一個都想不出來。老闆手指間夾著菸，耐心看了他一會兒才說：

「沒有優點？那麼說說看有什麼缺點。」

「缺點就是沒有缺點……」

他笑著含糊回答，但老闆沒有笑。

「沒有優點也沒有缺點，還算人嗎？」

「……對不起。」

「這麼不會說話，怎麼會想做服務業？看來是年輕還不知道，服務業是接待人的工作，想盡辦法了解對方的心意，必須用話語和表情演戲的工作，演戲，聽懂了嗎？」

「是。」

他小聲地回答。

「知道的話就走吧，不必等消息了，知道是什麼意思吧？」

「是，知道。」

他紅著臉走出去，風就像要割破耳朵一樣吹來，他扣好外套的鈕扣，一直扣到下巴。

錄影帶店老闆是六十多歲的老人，從額頭到頭頂一根頭髮都沒有。

「要念什麼大學？」

「……不知道，可能不會念。」

「當然要念大學，為什麼不念？」

他沒回答，只盯著收銀機看。

「不太會念書吧？」

「……是，不太會……」

「喜歡看電影嗎？」

「喜歡，經常來這裡借影片。」

「最喜歡的電影是什麼？」

「《羅密歐與茱麗葉》。」

「狄卡皮歐演的？」

「奧莉薇．荷西演的那部。」

老闆開心笑了，原本僵硬的表情也變得溫和。

「會好好做吧？」

「是，我會努力的。」
「時薪沒辦法給太多，只有兩千圓，這樣也要做嗎？」
「我想在這裡工作，因為我真的很喜歡電影。」
他開始實踐從咖啡店老闆那裡得到的，關於演戲的忠告。
「沒錯，在這裡工作的話可以看很多電影。也就是說，時薪不多也沒關係是吧？」
「是，沒關係。」
「不喜歡的話應該說出來，因為還是學生，所以拒絕的話說不出口嗎？」
「不是的，會好好做，我做得到。」
「如果有人逾期不還又不接電話，突然得去家裡追討，這種事也做得到嗎？去了不敢按電鈴，只會站在門口的話，那可不行。」
「會按電鈴的，我認為約好的事情一定要遵守。」
他自己一次都不曾逾期未還。
「好，那就試試看吧。」
—李起同的媽媽開始打聽重考生的專門補習班。他家到鷺梁津[4]坐公車大約二十五分鐘，每天都去也不算太遠。媽媽帶回來的簡介，他看都沒看就扔在書桌上。開課是在三月。他告訴媽媽找到打工機會，媽媽嘮叨了好長一段時間。

－錄影帶店老闆非常喜歡電影，比起新電影，更喜歡舊的經典電影。店裡面有《卡里加里博士的小屋》、《波坦金戰艦》，還有弗里茨．朗、黑澤明、泰奧．安哲羅普洛斯、阿基．郭利斯馬基所導演的電影，只是這些片子都沒有人借。

他在老闆推薦下看了一九四〇年拍攝的《憤怒的葡萄》，老闆說真的是一部很好的電影。下大雪的那天傍晚，他坐在櫃台觀賞，看完後覺得自己的人生很寒磣。

－「一整天都在市區兜轉，做了些什麼？看了想看的電影嗎？」

凱吉回答媽媽的問話：

「是，看了。是有關剝削的故事。」

「橘子農場的故事啊。」

「準確來說的話，是關於這個世界的故事。媽媽能想到剝削的相反詞是什麼嗎？」

---

4 位於首爾銅雀區，聚集了各種升學、證照、就業補習班。

「相反詞不知道，倒是知道一個類似的情況。世界上的所有媽媽都受到剝削，一分錢都沒領到。」

她在兒子的盤子裡「嘟」一聲放了一團馬鈴薯泥，一邊這麼說。凱吉和爸爸開始默默地用餐。然後爸爸說：

「今天的味道真好，是吧？看來兒子從芝加哥回來，所以特別用心啊。」

凱吉的媽媽發出冷笑，手中拿著叉子、看著盤子好一會兒，才說：

「我的天，竟然沒人知道今天是什麼日子。」

媽媽突然站起來。父子倆滿臉驚慌，面面相覷。

—李起同和一等約在披薩店見面，是一等的生日。一等報名了鷺梁津最有名的大學入學補習班，李起同的媽媽也選了這一家。一等是SKY[5]班，李起同是普通班。

「這樣可以一起吃午餐了。」

一等輕輕地點頭，問道：

「要繼續打工嗎？」

「反正是從五點開始，沒關係。」

「可是有晚自習啊。」

一等剔掉卡在牙縫裡的青椒說道。

「不能翹課吧。」

「又不是學校，不會管那麼嚴的。」

「我聽說的是，比學校管更多，應該只會更嚴不會更鬆吧？」

「怎麼可能。」

他們現在是成年人了。以為自己有權力可以做想做的事，其實是相當大的錯覺。

一等吃完披薩開始擠青春痘。在決定重考後，他只要看見青春痘就無法放著不管，整張臉上都是痘疤。李起同說很噁心，制止他擠痘痘，他就開始用力抖腳，再次制止他，他就咬手指甲然後吐到桌上。李起同說現在回家吧。

「沒禮物嗎？」

「還要給禮物？」

「那麼各付各的。」

他假裝要去廁所，從店裡偷跑出來。打電話給一等，他發了好大一頓火。

一等沒去過ＫＴＶ，歌唱實力是不堪入耳的程度，但這也不表示他自己就好到哪去。

———

5 三大名校的合稱，即首爾大學、高麗大學、延世大學。

—那個女生喜歡浪漫愛情片，每次出現總是抱著馬爾濟斯。挑選影片時也一直抱著，因為一放到地上，牠馬上就撒尿。他雖然努力想要親近馬爾濟斯，但是就算拿零食給牠，牠也齜牙咧嘴狂吠。她滿臉歉意地收下零食，再拿給馬爾濟斯，牠才會開始吃，然後露出滿足的表情。

另一個常客是只借色情片的大叔。大叔目不轉睛看著她手中的馬爾濟斯，大聲說：

「以前女人抱這種狗到處走，都會被認為是酒店小姐。」

她驚慌失措，沒借影片就走了。過了一會兒，大叔拿著色情片到櫃台。

幾天後，他打電話到大叔家裡，催還借期還沒到的影片。接電話的人似乎是大叔的女兒，他強調了幾次影片的名字，女兒話語含糊就掛了電話。

—回到故鄉的凱吉教主婦美術和作曲，勤勉賺錢餬口。拜帥氣的外貌所賜，他在女人之間很有人氣，但是他的心中只有一個人。

她是電影院的驗票員。曾經不喜歡電影的他，很自然地看了許多電影。在黑暗中，比起想著她，他更專心在電影上。（他是這樣的男人。）電影結束後，他邊走邊尋找她的身影。然後終於進展到彼此交換短暫問候的關係，她偶爾也會問他看完電影的心得，而他總是太過真摯地長篇大論，讓她感到乏味。

阿貝爾．岡斯導演的《拿破崙》重新上映的那天，他在空無一人的放映廳親吻她。失業者經過電影院總是過門不入，電影院營收大幅減少，再也無法支撐，兩名驗票員中要裁員一人，剛好就是她。她哭了起來，他給予安慰，然後不由自主親了她。她滿臉驚慌看著他，在黑暗中也看得出來眼珠不安地晃動。他趕緊道歉，她驚訝得張大嘴巴，無法閉上。兩個人身後浮現了三個分割畫面，是《拿破崙》中最有名的場面，電影以多景視像手法拍攝，如同史詩般莊嚴，讓觀眾有些暈頭轉向。凱吉指著騎在馬背上的拿破崙說：

「你知道這部電影原本片長超過九小時嗎？這個是改編版。」

在他談話變得冗長乏味之前，她趕緊堵住他的嘴，用自己的嘴唇。

—李起同拿著掃把在錄影帶店前面掃地，發現那個女生在便利商店外的遮陽傘下坐著。他假裝掃地，慢慢走到便利商店前面。

「你好。」

他一邊在便利商店門前掃地，一邊先向她搭話。

「啊，你好。」

「小白你也好。」

「小白？」

「牠很像《蠟筆小新》的小狗小白。」
「牠的名字是菠蘿。」
「菠蘿？為什麼叫菠蘿呢？」
「因為我姓蘇[6]。」
他因為太緊張沒聽懂她的笑話，她露出些許失望的表情。蘇菠蘿在舔她的手背。他一邊掃地一邊問：
「最近為什麼都沒來借影片？」
便利商店店員走到外面問：
「您是誰？為什麼在這裡掃地？」
「那個……我是前面錄影帶店的店員。」
「所以呢？」
「順便把這裡掃一掃。」
她抱著蘇菠蘿從位子上站起來。便利商店店員說：
「請不要掃這裡。」
他紅著臉回到錄影帶店，她抱著馬爾濟斯跟在他後面。他拿出先前準備好的影片，走到她身邊。

「你看過這部電影嗎？」
她很快看了一眼說道：
「沒有，沒看過。」
「很有意思，沒看過的話一定要看。」
他遞給她的是《摩登時代》。

——凱吉去西雅圖前，為了看《摩登時代》，和葛瑞絲一起去了電影院。他對查理．卓別林有很高的評價。
他印象最深刻的場面是，查理誤觸自動餵食機器而大吃苦頭，以及餵捲入齒輪中的同事吃全雞和湯的畫面。其他幾個場面也引他哈哈大笑，但是電影結束後，他的表情很晦暗。她問道：
「電影不好看嗎？」
「不是電影，是我們生活的這個世界不好。我雖然從很久以前就知道，現在更明確知道，這個世界錯了。」

6 韓語的菠蘿麵包發音是so-bo-ru，首字和姓氏蘇一樣。

—李起同拿著拖把拖地，在走道上遇到她。她來歸還錄影帶，老闆面帶喜色問：

「這部真的是好電影，您覺得如何？」

她有點難堪地說：

「太忙了沒有看，但還是得遵守還片時間。」

老闆沒說話。她偷偷看李起同一眼，抱著馬爾濟斯走出去。他拖著拖把，一直拖到店門口。有一個人朝向走遠的她招手，逐漸走近，她放下馬爾濟斯彷彿用跑的奔向他，馬爾濟斯也搖著尾巴朝男子跑過去。男子抱起馬爾濟斯，右手臂挽住她，笑著從錄影帶店前面經過。

老闆出神地看著他，然後說：

「不要想抓住，等待會比較好。」

「請問是什麼意思？」

「意思是不要積極挑選，而是等待走過來的人。像蜘蛛一樣。」

他把拖把插在水桶裡，說道：

「有誰會被那裡纏住啊。」

「多看好電影也是方法之一，因為一部好電影等於一本好書。但是別看什麼收穫都沒有、只會浪費時間的好萊塢動作片。」

「就算這樣做了，又會有什麼用？」

「會變深沉，人會變深沉，像我一樣。」

「老闆還不是一輩子一個人生活。」

「我不是因為沒有女人喜歡我才這樣，喜歡我的女人很多。」

「那麼為什麼沒結婚？」

「……我喜歡的女人不喜歡我。」

「看吧，這種事就算看好電影也不會有什麼不一樣。」

「我不是這個意思。雖然是不可能的愛，但是愛不是不可能的。你知道是什麼意思嗎？」

他洗好拖把回來後，對老闆說：

「喜歡的話就無所謂，因為會繼續喜歡下去。」

—街道無時無刻都在鋪路，城市快速地擴張，去任何地方都在施工中。洛杉磯像花一樣綻放，成為電影事業的中心地。

凱吉還沒摸索出自己的樣貌。在時代洪流下，他推開群眾躊躇向前，唯一確信的事實是，牆壁清洗工和家教老師無法令他滿足。

「我想要寫關於不可能的故事。」

葛瑞絲這麼說。她雖然從很久以前就想寫小說，但是到目前為止連一行都沒寫，即使他給予鼓勵，她仍然不相信自己。

「具體是什麼故事呢？」

「追求類似價值，過著類似生活，結果卻大相逕庭的兩個人，兩個人的故事同時進行。結局已經決定了，一定要快樂收場。我認為所有故事都必須是令人開心的結局，尤其在這種不幸的時代。」

凱吉小口啜飲商店老闆走私進來的威士忌。對於身處經濟大蕭條的他們來說，禁酒令加倍痛苦。還好聽說禁酒令有望在明年解除，羅斯福的政見是如果當選總統就廢除禁酒令。

—「醒醒吧，不會因為喝酒就變成不良少年，那種時期已經過了，就說現在是成人了呀。」

雖然畢業了，依然是不能出入酒館的年紀。他的生日在三月，一等是十一月。他不敢相信只要再忍耐一個月，就可以不受任何限制地喝酒，但是在一等面前他沒表露心思，一臉自己已經是大人的表情。

他們神情緊張地走入地下酒館，開門營業過了兩個小時卻沒有任何客人。他們走到角落的位子坐下，櫃台空無一人，看起來和他們同齡的店員拿著水瓶走了過來。

「八點會來取締，請在那之前喝完離開。」

店員快速又準確地傳達訊息後，回到自己的崗位。

一等點了檸檬燒酒，他在等為了當下酒菜而點的糖醋肉。檸檬燒酒的味道和檸檬汁差不多，一點酒味都沒有。一等一臉滿足，小口小口喝著說：

「比想像中好喝耶。」

「燒酒特意放得比較少吧。」

不久後，看起來和他們同齡的學生，陸陸續續進來。一下子整個大廳擠滿了學生，大家都看著共犯似地彼此偷瞄。

過了一個小時，隔壁桌的女學生昏倒在地，另外兩名女同學架著昏倒女學生的手臂，往出口方向拖行。在櫃台目睹一切的老闆，只是袖手旁觀。

他們從酒館裡出來，全身湧上熱氣。李起同為了看起來像大人，故意把外套扣子全都解開。他穿著皮鞋，下雪後結冰的路面變得溜滑，他一邊跑一邊大笑。一等自言自語想吃冰淇淋。

就在他們要轉進小巷時，一台經過他們身邊的警車突然停了下來，他們兩人互相對視。車門打開後幾名警察走了出來，他們這才看見剛才從酒館被拖走的女學生躺在地上，另兩名女同學守在昏倒的朋友身邊。警察責備的聲音傳了過來：

「你們還未成年吧？哪家店賣酒給你們的？」

他和一等趕緊從小巷逃走，他在結冰路上跑著跑著滑倒，一等聽到他哀號仍然頭也不回地往前逃跑。

一個月後禁酒的時代結束了。他雖然可以自由地點酒，卻沒有已經成為大人的感受。似乎只是在演戲，假裝自己變成大人而已。

3

——「凱吉，好好聽我說。你是我弟子中最聰明的，不管什麼事都能做好，在這之中，需要創意的事要找到像你這樣的人才，非常不容易。」

「這個我知道。」

阿諾·荀白克凝視毫不羞赧、坦蕩回答的凱吉。

「我是說，似乎沒有必要非選擇作曲不可。你對這個工作難道不感到厭煩嗎？」

「不會。老師您的音樂不會那樣。當然有些方面和我的想法不同，但我認為那是我自己要了解並做判斷的問題。」

「凱吉，我的意思是為什麼非要做這個工作不可。需要你卓越創造力的工作，應該到處都是。」

「老師您說的是哪裡呢？街上到處都是失業者，是找不到工作的混亂局勢。」

「我是說，人們應該做適合自己的工作。」

「這個我也知道，所以現在才會在這裡。」

「看來是聽不懂呀。你對和聲的敏銳音感不足，缺乏做這個工作的優越才能，也就是沒有天賦。」

－雖然已經二十一歲，李起同依然脫離不了鷺梁津。和第一次重考時一樣，他被困在補習班裡，滿臉滄桑地看著窗戶外另一邊的世界。

一等和他一起成為三修生。他上一次考了二〇四分，而一等在考英文聽力時氣喘發作。李起同的書包裡面，小說比參考書還多。他坐在補習班教室的最後面，偷偷看小說。班導在和他面談時嘆氣，甚至說服他誠實地和媽媽溝通，不要上補習班可能比較好。但是媽媽很堅持，他只好坐上開往鷺梁津的公車。公車分明是開往鷺梁津，心裡卻湧上不知道要往何處去的心情。

他挑選的小說大部分是主角陷入絕望，且絕望改變了日常生活的內容。《人間失格》他就看了三遍。

－屋頂天台是唯一可以將外面世界盡收眼底的地方。補習班大樓的所有窗戶都安裝了密實的風雨窗，學生觀賞外面世界的眼神，就像是監獄裡的囚犯。搞砸入學考試的罪人的臉，比關在動物園裡滿臉皺紋的猴群，看起來更黯淡。

—休息時間一到，囚犯就湧入走廊，他們咬著還沒點火的香菸，跑到屋頂天台，三五成群聚在一起抽菸。站在囚犯之間的李起同，抬頭仰望天空，雲團也一起靜止不動，正俯視他。時間彷彿靜止的感覺，經常讓他感到難受。

一等靠在欄杆上，菸一根接著一根。一等臉色蠟黃，李起同當然也差不多。聚在天台的男女囚犯之間，流瀉隱密的眼神和躁動興奮的氣氛，而他們兩人全然被排除在外。

—凱吉的爸爸注意到比起坐在鋼琴前，兒子在路上無所事事徘徊的時間越來越長，有天晚上他把兒子叫到自己的工作室說：

「兒子，光是想，什麼事都不會發生，倒不如試著做些什麼看看。」

爸爸拿著一個箱子走過來，然後推給他，裡面裝著各種大小的木塊和鐵、橡皮、樹脂、螺絲和螺帽、釘子和鐵鎚等，雜七雜八的工具。

凱吉托著下巴俯視箱子，陷入深思。他拿起一個橡皮擦和螺絲，看了好一會兒，然後又放下去。（現在還不是時候。）

—李起同的爸爸不再烤紫菜。由於烤紫菜時總是像揮舞旗幟一般大動作搧風，引發了慢性關節炎。接著批發少數水果販賣，收入卻不理想。李起同心想爸爸會尋找機會再次離家出走，但是到目前為止每天傍晚都會回家。

他自己錯過了兩次機會，父母很明顯地話越來越少。整個家鎮日都籠罩在寂靜中。

—每到午餐時間，各層走廊會送來各種顏色的塑膠盒，裡面裝著數十個便當。打開蓋子一看，裡面的泡菜、蔬菜和冷凍油炸食品交纏混合。雖然囚犯總是表達不滿，但便當每天都搶購一空。一等從家裡帶便當來吃，吃飽到天台抽了菸，立刻回去寫題目本。一等除了入學考試之外，其他所有考試都是第一名，只是這一點意義都沒有。

—有一天，坐在教室中間的一名女同學，突然抬起自己的書桌，搬到獨自坐在最後的李起同後面。女同學原本的同桌，趴在桌上哭了起來。班導雖然指責女同學任意搬座位，但女同學拒絕回到原位。班導無可奈何，只好要其他人往前移，填補空出來的位子。這麼一來，李起同和原本坐他前面的女同學變成同桌，她是班上大學考試考最多次的五修生，同時是最長期囚犯。

最長囚指著他看的小說問：

「這個好看嗎？」

「只是有點特別。」

「是講什麼的？」

「一個男人決定在浴缸裡生活的故事。」

「為什麼？在那裡比較能集中精神嗎？」

最長囚的問題似乎以為所有人都在準備考試，他驚訝之下無法回任何話。

休息時間，最長囚遞了一張紙到他桌上。上面畫了一個男子坐在浴缸裡，簡潔又樸實的畫風。

「拿去，給你。」

他紅著臉把紙摺起來。

上課時間，最長囚的雙手在書桌抽屜裡摸索，窸窣作響好一會兒才拿出什麼東西來，然後遞給他。原來是牛奶糖。

一等吐了一口煙，心寒地說：

「所以才會五修吧。」

—最長囚的題目本畫滿紅線，彷彿不知道哪裡是重點，索性把所有地方都畫上。他終於按捺不住好奇心，開口問她：

「您是認為這些都重要才畫線的嗎？」

「咦？你是問這些都重要嗎？當然重要，全部都重要。」

「通常不會畫那麼多紅線，只會畫真正重要的地方。」

「才不是，我考過很多次所以知道，沒有地方不重要，會考什麼沒人知道，因此盡量全部背起來比較好。」

最長囚說這番話時，甚至於信心十足。他沒再反駁。和最長囚並排而坐，的確不像自己一個人坐時那麼無聊。他之前因為上課時幾乎無法集中，總是覺得乏味，於是用小說打發無聊，現在不是和最長囚筆談，就是一直講悄悄話，幾乎沒有空檔看小說。最長囚經常靠在他身上耳語，大部分是沒用的閒話。知道韓國史老師的褲子為什麼那麼緊嗎？因為他是個變態。知道英語老師的發音為什麼那麼奇怪嗎？因為他沒和外國人講過任何一句英語。

最長囚對男老師的評論尤其狠毒，說他們實力不足也太沒實力了，彷彿她之所以要考第五次，正是因為他們太無能所致。她五修期間不曾離開這間補習班，總是只報名這間補習班。班導似乎很同情她，其他老師也清楚她的狀況，包括她集中力和持續力都不高。他也知道老師們乾脆不管她的事實，不論她發出再大的笑聲，都不會引來任何關注。

神奇的是，即使最長囚對他態度親暱，他看著她時只覺得她是一個奇特的大姊姊。

休息時間最長囚跟著他到屋頂天台。一等不敢朝最長囚的方向吐煙，瞥了她一眼趕忙移開視線。

—他們一起吃便當，把交纏混合的配菜分開，嚴酷評論料理人的味覺。休息時間理所當然，連上課時間也東拉西扯說個沒完。過不了幾天，坐在前排的女學生集體向班導投訴他們的惡行。其中一名女學生甚至因為他們喋喋不休，哭了起來。（雖然她有重度憂鬱症和神經衰弱症，但誰都不當一回事，而慘澹的模擬考試成績單也讓她淚腺一發不可收拾。）班導把他和最長囚叫到走廊上說：

「你們兩個不想上大學嗎？」

「您怎麼能這麼說呢？」

最長囚立即回嘴。

「有同學投訴你們破壞班上的勤學氣氛。要怎麼做，兩個人分開坐就可以解決問題。」

「不要。」

最長囚堅決地回答，他嚇了一大跳。

「你們在交往嗎？」

班導揚起嘴角譏笑地問道。他尷尬地搖搖頭，她則瞪著班導。

「別在這裡談戀愛，你想六修，還有你想四修嗎？」

「我如果六修的話，都是因為您。我剛來這裡時您說什麼？不是說一定會送我進大學？」

「是你不認真才會這樣吧。」

「我一直都很認真！」

他又嚇了一大跳，她似乎發自內心這麼認為，他想起她每一頁都畫滿紅線的題目本。

「講義的內容每次都一樣，沒有任何變化，那就沒必要全部聽吧。我有我自己的進度。」

對於她的抗辯，班導只是搖頭而沒回答，用手中的棍子指著他說：

「把書桌搬到右邊那一排最後面。」

他進去教室後開始搬桌椅，最長囚趴在桌子上沒抬頭，上課後也維持相同的姿勢。

她說要他別誤會，好好聽她講，然後盯著他的臉。他們在銅盤烤肉店裡，中間隔著烤盤相對而坐。她一個人喝乾了一瓶燒酒。一等坐在他旁邊，一邊撕生菜吃，一邊偷偷看她。

「跟你們在一起很舒服，到目前為止在補習班遇到的孩子裡，你們最順眼。班導到底算什麼，要那麼對我們？啊？喂，你，你知道嗎？」

他察覺到她口齒逐漸不清，沉默地搖頭。不管是什麼，他肯定對她想要說什麼一點頭緒也沒有。

「那傢伙，其實喜歡我。」

一等丟下生菜。他朝著地板看去，因為是坐式的位子，他的黑色襪子在地板上很顯眼。

「一開始是我先喜歡的，但後來我把心收回來了。」

她語調漸漸變得高昂。

「但是那傢伙一直忘不了我，心裡一直喜歡我吧。所以才要把我們分開，每年都用這種手法。我到目前為止一次都沒有跟男生同桌過？真的很過分吧？」

他無法認同她的話，也不理解她的心思。在他看來，她不過是最令班導感到心寒的最長期囚徒，就算她立刻從補習班退學也不會受阻。還有，就算他要這麼做，也一樣不會被阻止。班導是真心擔心他們的未來。（至少擔心他的未來。）對於他的大腦結構與大學考試不和的事實，班導能夠理解。每當和班導商談後，心情總會變得平穩。在班導面前沒有必要努力演戲，班導輕易就知道學生心裡在想什麼。

「所以班導討厭你，是因為我啊。」

她說完話就倒在桌上睡著了。一等把她搖醒，還好她打起精神，雖然腳步踉蹌仍能夠自己行走。她高喊著去唱歌吧，在原地跳躍。一等馬上就尋找KTV，他卻只想回家。她在走下KTV階梯時，雙手摟著他和一等，勾肩搭背而行。在狹窄的通道上，三個人幾乎緊貼著，顫顫巍巍往下走。她說：

「我們這樣好像真的很親，真好，你們也覺得好吧？」

他沒回答，一等小聲回了一聲，嗯。

——「最喜歡的電影是什麼？」

「只要是九〇年代的都喜歡，《剪刀手愛德華》、《第六感生死戀》、《女人香》、《終極追殺令》、《刺激1995》、《鐵達尼號》、《真愛一世情》。你呢？」

「我是《刺激驚爆點》。」

「我是用快轉看的，沒那麼感動。」

「那當然。」

原本在睡覺的一等說：

「我是《楚門的世界》。」

他訝異地轉頭看著一等說：

「你也會看電影？」

他昨天才從錄影帶店辭職，因為再也不能從夜間自習開溜了。班導對於隱瞞他媽媽一事感到良心過意不去，說再也無法幫他掩飾了。

他們並排站在屋頂天台欄杆前，透過新設置的鐵絲網眺望另一邊。別班的一名囚徒衝動之下試圖自殺引起騷動，幾天前緊急裝設了鐵絲網。那個囚徒馬上被逮捕，並且押送回家。其他囚徒跑上自殺騷動的天台現場，笑著圍觀試圖逃出者被拖走的場景。

「孩子們，我在這一區五年了。」

「嗯。」

他和一等同時回答。

「但是，五年像是一年，不對，像五個月。你們知道過得有多快嗎？你們也要小心。」

他在舀魚板湯喝。他們在死六臣墓附近一個僻靜地方，吃打包來的燒酒和小吃。一等在黑暗中不停發出吸鼻涕的聲音，他得了重感冒，連好好站著都沒辦法。最長囚丟給他一團衛生紙說：

「鼻涕擤一擤，不要一直吸。」

一等拿著衛生紙團，走到遠處擤完鼻涕後回來。最長囚嘖嘖吸著木筷說：

「預感不太好，這一次似乎也無法逃離這裡。」

「這次也不行的話，還要再考嗎？」

最長囚沒回答，一等說：

「明年再去念，分數到哪就去念，我們三個，全部。」

最長囚緊盯著一等的臉說：

「你今年一定上得了，一看就知道。」

他趕緊問：

「那我呢？」

最長囚逃避他的視線，過了一會兒才說：

「我在這裡度過了二十多歲的前幾年，那些最好的歲月。偶爾真的很好奇，其他國家的孩子們也這麼生活嗎？不是吧？只有我們國家是這樣吧？重考是基本，三修是選擇。但是呢，想想看，我們學到了什麼？這樣的生活到底讓我們學到什麼，然後變成大人？」

「很難說。」

最長囚語氣堅定地說：

「沒有。我們什麼都沒學到，什麼都不知道。我們只是被關在這裡，被困在鷺梁津。除了鷺梁津，沒有別的地方進得了大學，是悲劇呀。你說說看，你每天光是念書應該知道。這是正常的世界嗎？啊？」

他無法乾脆地回答。他所念的書無法成為人生的指引，而小說裡的人物看起來也不幸福，反而像是坦然接受不幸。

「不知道，可能是這樣生活久了，就習慣了吧。」
「會習慣什麼？」
「什麼都會。」
—荀白克和凱吉一起參加克絲蘭家裡定期舉辦的降神會。雖然老師對於他作為音樂家的未來曾給予尖銳的忠告，但他們之間的關係沒變差，兩人都認為沒有理由變差。儘管兩人的師徒關係延續不到兩年，荀白克仍然認為凱吉是有趣的弟子。（不是傑出的弟子，但的確相當有趣。）
受邀前來的靈媒，掀開遮擋頭部的紫色圍巾，露出亮麗的金髮，是一名年輕女子。
「今天晚上的參加者中，有人能與貴人相見。」
靈媒的話一說完，參加者凝視彼此的臉，一時亂哄哄的。
「萬一見到貴人的話，應該怎麼做呢？」
一聽到凱吉的問題，其他人馬上接著說道：
「當然要歡喜迎接囉。」
然而，靈媒豎起食指搖頭說：

「在那之前需要好好思考。與貴人相見代表著您的人生可能改變，而且，貴人是彷徨的靈魂，當然沒有比這更危險的了，因為那一位的思想很反動。」

靈媒笑了起來，其他人都沒有笑。荀白克聽到「反動的思想」，表情隨之僵硬，趕忙問道：

「那一位是法西斯主義者嗎？」

「噢，不是，並不是。」

靈媒笑著說：

「正好相反，她是自由的靈魂。」

——「禱告吧。」

最長囚握住李起同和一等的手，閉上眼睛低下頭。一等開始做同聲禱告，他們在儂特利速食店為韓國足球隊加油。三個人約好穿上紅色T恤去COEX商場，但是大型電子看板前面已經布滿紅色的人海，連擠進去的空隙都沒有。

他們搭地鐵回到李起同家那一區，他印象中那裡的儂特利牆面有巨大的電子螢幕。稍晚一點抵達的話，差點連那裡都沒有位子。他們在比較能看清螢幕的地方坐下，精神集中在草地上滾動的小球，絲毫不覺炸薯條軟掉，杯子裡的冰塊也都融化了。最後他們放下手中的漢堡，握住彼此的手開始禱告。

看著身為長期重考生的他們，竟然說要去當「紅魔鬼」[7]而離開家門，他們的父母有志一同狠狠責備了他們。

在回家的路上，人行道側邊飛來不知道是誰施放的勝利煙火，正往前走的一個女生被火花濺到而大聲喊叫，在巷子裡放煙火的十多歲孩子匆匆逃跑了。經過的車輛按了五聲喇叭，尾音拉得很長，街道上就像暈車之前一樣嗡嗡作響。娛樂街入口所懸掛七彩繽紛的萬國旗瘋狂似地飛舞。所有人都一邊走著一邊說相同的話，所有人都一邊走著一邊露出相同的笑容。視線相對的話，就能發現彼此沸騰的愛國心，露出滿足的表情。只要有汽車按五聲喇叭，就有人以同樣的節奏拍手回應。最長囚說：

「上大學的話，每天都是這種氣氛吧？」

—他們走在破舊旅館林立的陰森街道上，這是她喜歡的散步路線。他們已經走了三個小時，如果說昨晚他有幸遇見貴人，那個貴人就是她。凱吉感到腳上的疼痛，但是沒顯露出來，而她腳步仍然輕盈敏捷。

「你最常思考什麼事情呢？」

凱吉毫不猶豫地回答：

「音樂，最常想的是和作曲有關的事。你呢？」

「宇宙。」

他乾咳了一聲。

「我從來都沒想過宇宙。」

「音樂其實才是最接近宇宙的。」

「是嗎？」

「當然，所有藝術中音樂和宇宙最接近。」

「怎麼說呢？」

她停下腳步，轉頭看著凱吉說：

「會讓人跳舞，那是了不起的力量，並不是每一種藝術都能讓人類想跳舞。音樂裡蘊含了我們不知道從何處而來的力量。」

「我從來都不曾這麼想過。」

「請從現在開始想。不要試圖創作美好的音樂，而是試著創造更美好的人。那是真正的藝術。」

---

7 韓國國家足球隊的支持者身穿紅色衣服，一般稱爲「紅魔鬼」。

—一等突然避不見面，也沒到補習班。李起同完全沒有頭緒，只是注意到一件怪事，對於一等失蹤，最長囚什麼都沒問。

在走去公車站時，他問最長囚：

「您們兩個人有什麼事嗎？」

「你要說敬語[8]到什麼時候？」

「我一直都跟您說敬語呀？」

「說平語。」

「是。」

「去吃漢堡？」

他們去經常光顧的路邊攤買烤肉漢堡，老闆另外送他們可樂。他們一邊吃漢堡一邊朝公車站走去，途中目睹了另一間漢堡攤老闆送客人口香糖的景象。最長囚說：

「喂，那間店還送口香糖？」

他們從第二天開始，就只去除了可樂還送口香糖的路邊攤。

—大學考試一百天前，囚徒都突變成猛獸。就算是同類，他們也隨時準備好把同族抓來吃或踐踏他們。班導也不再視他們為囚犯，因為不小心碰觸的話，他們無疑會是蜂擁而上的猛獸。猛獸們看都不看彼此的臉，視線無時無刻都在選擇題題目上。距離解放沒多少時間了，絕望同時逐漸靠近。

最長囚的錯答筆記本一片通紅。

李起同首次領悟到為什麼要做錯答筆記。了解後才發現，他總是反覆犯同樣的錯。怎麼會這樣！

—最長囚在大考前一個月出車禍。對方駕駛主張她突然跑入車道，這個說法事實上可能性很高，因為她當時走在人行道護欄的外面。

李起同用輪椅推她去醫院前面散步。醫院前四處可見坐輪椅的患者，附近瀰漫香菸煙霧。最長囚指指角落，他把輪椅推過去。她把菸放入口中、點火，動作很熟練。他不知道她會抽菸。

「我有說過嗎？」等向我告白。」

「是嗎？」

———————

8 韓語中對長輩、年紀比較大、職位比較高、陌生人等用敬語體，對親近的人則用平語體。

他並不訝異。

「要我大考結束後考慮看看。」

她沉默了一會兒又說：

「他說在演戲，就算沒生病，也假裝生病，說有預感好像去不了首爾大。」

他沒回話，只是靜默。

「我要他這一次考到最後，考到最後的話就和他交往。」

「真心的嗎？」

「不是。到那時他會忙著寫入學申請書，會忘記我說的話吧？」

「這個嘛，他不是會輕易忘記事情的人。」

「會忘記的，因為我會再回去鷺梁津。」

對最長囚而言，雖然沒有任何事情比回去鷺梁津更悲傷，她或許還是會再次回到那裡。她的志願是一間名門私立女子大學，但成績一次都不曾接近目標分數。

最長囚的媽媽來到病房，是一個大嬸，就像被雷打到的枯木，嘴唇擦了褐色的口紅讓臉色看起來更暗沉。大嬸一見到他就上下打量，最長囚把被子拉到頭上蓋住。

—他們連續四天都見面。共處的時光不像小說，而像詩一樣過去。凱吉和她見面回家後，都會在筆記本上記錄當天的會面。
在餐廳時她緊盯著叉子和刀子。
「食物不合胃口嗎？」
她搖搖頭說：
「我還沒吃呢。」
她把叉子和刀子送到嘴邊，這一次是盯著盤子。
「要點其他料理嗎？」
「不用，不是因為食物，是聲音。」
「什麼聲音呢？」
「你聽聽看。」
凱吉凝神豎耳傾聽。人聲吵雜的對話聲，叉子和刀子碰撞盤子的聲音，呼喚服務生的聲音，放下咖啡杯的聲音，笑聲，嘆氣聲，咂嘴的聲音。
「聽到了，不過怎麼了？」
「現在聽到的難道不是最有人間氣息的聲音嗎？」
她接著說：
「是動物無法發出的聲音。」

他提議去看電影，她拒絕了。

「我不看電影。」

「住在洛杉磯卻討厭電影呀。」

「虛假的東西沒辦法看太久，還不如去觀察路人。」

他們沒去電影院，而是坐在路邊長椅上看往來的路人。她不時輕聲發出嘆息，然後用更小的聲音自言自語。

「靈魂會和你說話嗎？」

「無時無刻。」

「睡覺時也會嗎？」

「當然，他們一直都醒著呀。」

「相當疲累的人生吧。」

「我可能會早逝吧。」

「不要說這樣的話……」

「沒關係。」

她突然轉頭，神情愉悅地說：

「請創作蘊含靈魂聲音的音樂。」

「那是什麼聲音呢？我沒有聽得到那種聲音的耳朵……」

「和貧困孩童呼吸的聲音很類似。」

凱吉試著想像那種聲音。她又說：

「想想看羽毛也有自己的聲音，即使體型不大，風一吹又變得更微渺。」

那天晚上他回家後在鋼琴前坐下，坐著坐著睡著了。頭部正驚險地前後晃動打瞌睡時，聽到風雨窗被風吹動的聲音而睜開眼睛，唧——。以前只會想到該給合頁上油，現在卻聽出不同的意義。或許每當風吹過時，合頁都在發出歡呼的聲音也說不定。稍微更凝神傾聽，聽見風快速吹拂過他家庭院的聲音。接著傳來父親不知道在敲打什麼的聲音，似乎是形狀又小又圓的打擊樂器渾厚的演奏聲。

他趕緊打開筆記本，記錄下：

「打擊樂器：發出最接近心臟跳動聲的樂器。」

—他們都朝向考場走去。那天早上不像每年的大學考試日那麼冷，風也不大。經過舉著旗幟幫考生加油的人群時，李起同低下頭。穿著他母校制服的學生一臉天真，微笑遞上祝願考試順利的飴糖。

午餐時間，他飯吃不到一半，心臟怦怦跳，湧起這似乎是最後一次的強烈預感。

第三節。他舉手要求新的電腦閱卷答案卡，三次考試以來，這是第一次這麼做。

監考老師往身邊走來的腳步聲令人反感，甚至拿起他的考卷查看。他瞪著監考老師。監考老師手臂交叉胸前，吸了一下鼻子，走到其他地方去。

廣播中傳來要考生在座位上等候的指示。他抱著書包看著桌面，然後把手伸到抽屜裡，裡面有一個巧克力派，但沒有紙條。有時候會有可愛的學生除了放零食之外，還留下加油的紙條。他打開巧克力派的包裝紙，不知道是何時放進去的，巧克力都已經融化黏在包裝紙上，棉花糖餡料和蛋糕體混成一團。他吃了起來，嘗到苦澀的滋味。

這一次他沒去高速巴士客運站。滿懷興奮的心情走在夜晚的道路上，保溫便當盒在空無一物的書包裡滾來滾去。他走進便利商店買了一罐啤酒，正要打開時電話響了，他隨即接聽。

—在哪？

「在街上。」

－考得好嗎？

「就那樣，你呢？」

一等沒回答，只是笑著。

「又發作了嗎？」

－沒有，考到最後一刻才出來。

一等接著問：

－姊姊換電話號碼了嗎？

「怎麼會，昨天還發了訊息。」

－是空號。

一等去補習班找班導。班導不告訴他最長囚家裡的地址，也不透露她是否已經再次報名，或是打算報名。一等把自己的成績單推過去，威脅不讓補習班在宣傳品中放他的名字和成績。班導這才告訴他地址，以及她還沒報名。

他和一等一起去她家，是大型的公寓住宅社區。一等毫不猶豫地按下電鈴，心意看起來很堅定。屋裡似乎沒人在，一等認為她從影像對講機確認是他們後，假裝沒有人在家。他們在玄關門旁的階梯上坐下，兩個小時後，屁股和腳都凍僵了。一等買來溫熱的罐裝咖啡，他先暖暖凍僵的手，才小口喝咖啡。

從電梯出來的大嬸發現他們，板著一張臉。他馬上站起來問候，但是大嬸不記得他。他提醒他們曾經見過面，大嬸皺起眉頭。

「到這裡做什麼？」

一等深深鞠躬說：

「您好，我是和秀美姊姊上同一間補習班的朴賢洙，因為突然連絡不上姊姊才來的。」

一等彷彿背熟了台詞，語氣堅定、毫無阻礙地回答。

「秀美不在這裡。」

大嬸迴避一等的視線又說：

「不知道嗎？去留學了。」

「您說留學？什麼時候？去哪裡？」

一等急切詢問，但大嬸只搖搖頭沒回答。

「現在應該忙著寫申請書，為什麼還找到這裡來？趕快回去。秀美不在這裡。她如果和你們很親近的話，應該會留下什麼話，但是她什麼都沒說。回去吧，天氣冷，別待在這裡了。」

大嬸匆匆打開玄關門走了進去。門一關上，一等轉頭看著他說：

「看到了吧？」

「什麼？」

「粉紅色拖鞋和運動鞋，在玄關那裡。」

「所以呢？」

「來埋伏吧。」

「在這裡？」

「去一樓。」

他們站在一樓電梯前守著，每當住戶斜眼看他們，他就假裝在看公布欄上的告示。一等把香腸分給不知道從哪裡跑來的貓咪吃，每隔一段時間就去便利商店買零食回來，眼神中散發執著和意志的光芒。他現在可以去首爾大了，看起來就像不再有任何事情可以阻止他，世界彷彿都和他站在同一邊。

社區警衛背著手朝他們走來，問道：

「同學，在這裡做什麼？為什麼到這裡來？」

「在等朋友。」

「幾號，什麼名字？」

一等充滿期待地回答：

「一五〇三號，金秀美，您認識嗎？」

「不知道，住戶這麼多，怎麼可能全部認識。」

「那麼，為什麼要問呢？」

「有住戶在抱怨，說你們一直在這邊，覺得不舒服。」

「我們什麼事都沒做啊。」

「所以更不舒服，快走。」

他們沒回家，而是在社區裡的小公園徘徊。一等站著，把雙手插在長褲口袋中，呼吸時口中噴出白煙。他坐在蹺蹺板上，屁股凍僵站起來，改坐在盪鞦韆上，手凍僵又站起來。

「我們走吧。」

「你一點都不擔心嗎？」

一等問他，眼神中充滿責備。

「姊姊不想見我們，我們還能夠怎樣呢？」

一等嘆了口氣，轉過身去。他跟在一等後面走著，轉頭看向她家的方向，最頂層，一五〇三號客廳裡亮著燈，他知道最長囚在家裡，也知道她打算春天時回去鷺梁津。

他停下腳步，把一等叫住，然後告訴他。
一等滿臉通紅。
「為什麼討厭我？」
「……說有負擔。」
「是我太會念書嗎？」
「全部。」
一等凝視他的眼神就像在毆打他的臉一般，站了一會兒才說：
「你知道怎麼連絡吧？」
「算是吧。」
「你的手機有存？」
「應該是吧。」
「但是不打算告訴我嗎？」
「是這麼打算。」
他把手機丟給他：
「剛才邋韃鞿時掉出來的。」

他原本以為自己的動作會像電影上演的那般帥氣，但是現實世界中人的心理終究不會像劇本一樣。一等的自尊心大受傷害，判斷被選擇的不是自己，而是他。

一等從此再也沒提起她，也和他保持距離。

他勉強考上四年制大學。

他爸爸一如預期，離家出走了。

4

——不知不覺間他成為法律系學生。

搭車兩個小時才能抵達的大學，比他想像中破舊和荒涼。校園腹地不大，建築物也不高，校園中走動的學生都低著頭。只有平地沒有山坡，風吹起來格外猛烈。

——李起同在自我介紹時說希望可以找到一起搭校車上學的朋友，只是一整天都快過去了，沒有任何人過來和他搭話。他獨自搭車上下學，同屆新生中似乎只有他是三修生。

他在幾個社團活動室探頭探腦，但是沒有任何地方積極招呼他。他猶豫了一會兒，走入旅行社。表情冷漠的男學長為他介紹，一群女學生吵吵鬧鬧走進來後，學長隨即把他丟下，朝她們走去。他白等了一個多小時才離開那裡。不知道是不是他留在桌上的入社申請書不見了，過了一個星期多都沒有人和他連絡。

結果他又去了旅行社社團活動室，沒有看到上次介紹到一半就把他撇下的學長，而是一名學姊，打層次的短髮、身穿格子襯衫、嘴裡咬著棒棒糖。學姊翻遍整個活動室，仍然找不到他的入社申請書。他重新填寫申請書。學姊先報上姓名，然後問他叫什麼名字。學姊的名字是金元英。

學姊把他遞過來的申請書放在桌上，問道：
「為什麼想進旅行社？」
「我喜歡旅行。」
「去過哪些地方呢？」
他除了學校畢業旅行之外，從來沒有旅行過，只能心虛地說去過慶州和江原道。他對兩個地方的記憶都很模糊。
「沒去過國外？」
「沒有。」
「金元英，你在這裡幹嘛？」
上次為他介紹的學長，一走進活動室就大聲質問。學姊從沙發上站起來，將他填好的申請書遞給學長。
「新人。」
「不是應該先和我談談嗎？」
「上次談過了。」
學長皺起眉頭。他感覺到自己一點都不受歡迎，就在即將變得更悲慘之際，金元英說：
「別這樣，那個……你要來我們社團嗎？」

「那好，去你們社團吧。我們本來就是招募積極、活潑的學生。你好像比較內向，沒錯吧？」

他覺得沒必要回答學長的詢問。

「現在可以寫入社申請書嗎？」

金元英揮動手指說：

「跟我來。」

「是什麼社團呢？」

「進步的讀書社。」

—李起同參加的第一場讀書社聚會，書目是安德烈．布勒東的《娜嘉》。他直到那時才知道有這麼一本書，雖然金元英簡略介紹過，他還是無法掌握到底是一本什麼樣的小說。他所知道的只有自動寫作和超現實主義。

他從家附近的圖書館借出《娜嘉》，看到書很薄高興了一下，接著看到文句並不艱澀又更安心，但這並不代表他看得懂這本書。他似乎也曾經遇見過「娜嘉」這樣的女人，事實上所有女人都和娜嘉相似，然而再細想，她們之中沒有人和娜嘉完全一樣。（他所認識的女生只有最長囚和金元英，還有一些到目前為止尚未記住名字的讀書社社員。）可以確定的一點是，若是愛上娜嘉這樣的女人，就有苦頭吃了。

金元英沒好氣地說：

「你對娜嘉只看到這個層面？真的除了這個沒有想到別的？」

他想起金元英曾經說過，任何人都可以自由抒發自己的意見，如果有人因此找碴的話要罰錢。只是現場包括金元英在內的其他社員，似乎並不記得這句話，他畏縮地問：

「那麼，學姊對娜嘉有什麼看法呢？」

「當然是繆斯，給予藝術家靈感的存在。不是虛假的，而是真正的繆斯。」

「為什麼藝術家無法從正常人身上得到靈感呢？」

金元英的臉開始漲紅。其他學姊也像是出外獵食、豎起腳趾的老鷹一般，瞪著他看。但是，說出去的話已然收不回來，像這種時候乾脆豁出去會比較好，至少能夠傳達他不是毫無想法的傢伙。

「我覺得藝術家尋找繆斯、靈感之類的，是裝腔作勢。真正的藝術家不是應該從平凡人的日常生活中發掘出有意義的事情嗎？畢竟藝術並不是為了特別的人物才產生的，而是為了平凡人。」

「你認為藝術是為了平凡人才有的？」

「當然是。」

金元英瞪著他說：

「好，誰都可以表達自己的意見，因為這正是讀書會的樂趣。有時候會吵架，有時候會哭，或是跑出去，也會出人命。」

他驚訝地看著金元英，接著趕忙轉移視線。金元英接著說：

「你應該不知道，我們已經設定藝術是為了特別的人而產生的這個方向，所以才選讀《娜嘉》這本書的。」

「是說除了我之外，大家都這麼想的嗎？」

「對。」

社員們都點點頭。除了他之外，另一個新人是經營系的女學生，完全沒開過口，連她都靜悄悄地點頭。他有種進入了藝術至上主義者、菁英藝術集團的錯覺，搖著頭說：

「我的想法不一樣。」

金元英傾身向前，手指朝他揮動說：

「像你這麼想的話，藝術會開始在意大眾的眼光，就不可能產生前衛的作品。書也是一樣，看讀者臉色的書，還算得上書嗎？《娜嘉》不是這樣。老實說這本書，這個，有趣嗎？怎樣？有趣嗎？安德烈．布勒東寫的時候不知道嗎？他根本沒有意圖向讀者傳達任何事。這位作家對於現在的讀者要看這本書、不看這本書，根本不在乎。這個看過了嗎？最後面的作品解析。」

「看過了。」

「那麼不就明白了。安德烈．布勒東是在抨擊既有的文學，他不往那個方向去，所以要畫清界線。那麼該怎麼做呢？嗯？該怎麼做？」

「手想寫什麼就寫什麼。」

「別用這種方式說，是自動寫作法，讓無意識帶領寫作。知道嗎？不知道？佛洛伊德知道吧？」

「知道。」

「那就對了，就是這樣，現在明白了嗎？」

他雖然一點都不明白，還是微微點了點頭。除了他之外，其他參與者似乎全都明白。金元英突然挺直腰，伸出手指一邊數一邊說：

「第一，這本小說中的事件都實際發生過，要打破既有寫實主義文學的結構組成，以無意識的述說拋棄目的與方向，這時候的前提是，所謂的『讀者』根本不存在。第二，沒有性格固定的人物，只有像江水一樣不斷流動的人物存在，這時候的前提是，沒有所謂的『明確的人物』。第三，論述生命的奧祕和人的內心時，不會用老套的文句書寫，而是用立體、比喻的手法。最重要的是什麼呢，就是偶然的流變。從這種角度來看的話，不是組合、切割的剪貼成果，而是在偶然的流變中尋找和諧。那麼，大家一起朗誦最後的句子結束吧。」

除了他之外，所有人都打開書的最後一頁，開始朗誦：

「美的事物是驟發的，如果不是的話，就不是美的事物。」

－說是進步的讀書會，其實一點也不進步。令人聯想到的是軍隊氣氛，而不是社團。沒有人對金元英的話提出異議，他後來才知道反對金元英意見的人都離開社團了，因為她會對反駁她的人懷恨在心，然後一直折磨對方。他曾經問過一個新聞影像系的學長：

「再怎麼說，沒有人反駁太奇怪了。」

「因為她爸媽有高級飯店公寓的會員券，每年可以去那裡辦兩次團體旅行。現在知道大家閉上嘴巴的原因了吧？」

－鷺梁津的學生仍然很多，他們離開後的空缺很快就補上了。最長囚一看到他就說：

「天啊！你變老了，上大學很累嗎？奇怪了，為什麼會累啊！」

－金元英的靜默，讓大家都不自在，李起同當然也很不安。在社員一邊偷看她臉色，一邊發表簡短讀後感的時間裡，她始終沉默不語。這一次讀的是愛德華・勒維的《自畫像》。他在閱讀時雖然很開心，但是全部讀完後，腦子裡充滿疑問。這位作家到底是什麼意思？

輪到他時，他低頭看著地上說：

「我覺得這應該算不上是一本小說。完全沒任何事件發生，從頭到尾都在陳述自己是怎樣的人，這樣沒辦法算是小說吧。」

金元英終於打破沉默，開口道：

「所以呢？」

他沒回話，所有人開始明擺著看金元英的臉色。他再次心想自己什麼時候變得這麼勇敢了，或許是因為和最長囚在一起，膽量變大了。他對最長囚經常不拘禮節。即使最長囚是最年長的人，但是對他的反駁並不會生氣，反倒偏向享受和他的對話，他們之間能有辯證過程。然而，金元英似乎無法領略。

「那麼，你認為怎樣才是小說？要成為小說的話必須有什麼條件？」

金元英最後這麼問。可能是試圖維持平穩的態度，聲音微微地顫抖。

「小說的話當然有主角、有事件、有阻礙、有目的，結局或是越過阻礙或是被絆倒而失敗。以《娜嘉》來說，我認為真的要找的話，這些都找得到。但《自畫像》卻不是這樣，雖然有主角，但是沒有事件、阻礙和目的，也沒有結局。」

金元英死盯著他看，問道：

「很好，那麼對你來說，是誰灌輸你小說必須如此的偏見？」

「既有的小說家。」

「很好，那麼我們必須追隨他們的理由是？」

他嘆一口氣，金元英的提問幾乎都是引導性問題，總是在設圈套，或是預先鋪設水道，你的腳不是掉入圈套中，就是隨水道漂流。疲倦感逐漸湧上。

「這個嘛，沒有必然得追隨的理由，只是試著從讀者的立場來想，的確會感覺到困惑。勞動了一整天，回家後想找樂趣才打開書，而不是因為期待新奇而看書。」

「我就是期待新奇。」

金元英立即反駁。

「那是少數人，大多數人看書是期待樂趣。即使無趣也會看到最後的理由，要不是因為捨不得書錢，就是因為賭氣，想說不會真的到最後都很無趣吧，可能會有反轉出現，可能有什麼理由吧。這才是大多數讀者的想法。」

「很好。」

金元英已經說了三次很好，但是她的臉色看起來一點都不好。

「你會那麼想是因為你的閱讀範圍狹窄，沒有涉略多樣化的書。你來對了，來我們這個讀書會。事實上，應該多一些像你這樣的人來，然後改變想法，那正是我們讀書會的目的。」

金元英雖然嘴角笑著，但眼神就像人形標本的眼珠一樣僵硬。

「那麼，我們多教教他吧。」

社員們聽了金元英的話紛紛點頭，只是她們的眼神都很陰鬱。他覺得她們看起來就像是披著黑色長袍，參加獵巫聚會的成員，只不過這一回的情況是，目標因為思想平凡而要被處以火刑。他的外貌平凡到極點，甚至思想都很平庸，這似乎是包含金元英在內，所有社員對他的評論。

「你喝酒嗎？」

金元英問。

「不喝。」

「菸呢？」

「不抽。」

「不喝酒、不抽菸，那有做什麼運動嗎？」

「沒有。」

金元英停下腳步，回頭問他：

「你活著到底有什麼樂趣呀？」

「這個嘛，只是活著而已。」

「吃飯了嗎？」

「吃了。」

「要吃點心嗎？我買麵包給你？」

「不怎麼想吃。」

金元英又停下腳步，盯著他看。

「你討厭我？」

「沒有，您為什麼這麼想呢？」

他明知故問。

「我總是一副教導你的姿態。」

「您知道啊。」

「你認為我不知道？」

「那麼，為什麼總是那樣呢？」

「因為你錯了才那樣，因為很確定你錯了，難道要假裝不知道就過去了嗎？」

「當然要假裝不知道就過去了，每個人都有自己的正確答案。」

「你呀，可真是一點都不內向！」

「其實我也不太懂她在說什麼。」

新聞影像系的學長南振澈說。

「儘管如此，聽了她的話又覺得好像是那麼一回事，有時候又覺得只是要和別人不一樣。其實偏向哪一方面有什麼重要呢？」

他發愣看著南振澈吐在地上的痰，接著才問：

「您是說哪一方面？」

「我是說少數人的想法，還是多數人的想法，有什麼重要的。金元英那個人或許以為小說家都應該像安德烈・布勒東，或是愛德華・勒維那樣，要持有完全相反的意見。小說為什麼一定要去除事件？設定目的、突破阻礙的話，行不通嗎？現實中大家不都是這麼生活的嗎？是這個意思。」

他點頭附和。

「所以呢，不必太認真，這種情況爭得臉紅脖子粗，也不會有任何改變，只是讓度假飯店的會員券飛走了。」

這時，金元英朝他們走來。

「喂，新人，不打招呼嗎？」

「對不起。」

「你住在首爾吧？」

「是。」

「週末有約嗎？」

「沒有。」

「那麼要跟我去一個地方嗎？」

「去哪裡……呢？」

「去了就知道。」

—李起同在馬羅尼矣公園徘徊，等待金元英。從遠方看到推銷員攔下她，她果然和料想的一樣，毫不留情地搖頭，揮手把男子趕走，立即朝他的方向走來。她緊盯著他的臉走近，讓他感到慌張，莫名將臉轉向其他地方，假裝若無其事。
「幹嘛假裝不認識？」
金元英劈頭就問，他謊稱不知道是她。和最長因對話時不一樣，他總是感到緊張。若說鷺梁津的前輩和大學前輩不同，那也太不相同了。然而，這樣的想法很快被心中的懷疑所掩蓋。在等待金元英時，他非常興奮激動，緊張到手指凍僵，胃都痛了。
「我們要去哪裡呢？」
「吃飯了嗎？」
「吃了才來的。」
「還不到十二點你就已經吃午餐了？」
「對，學姊還沒吃嗎？」
金元英滿臉荒謬地站了一會兒，才邁開腳步。
「一般的常識，約十二點的話，不是應該沒吃飯就出來嗎？」
他回答他不知道。
他當真不知道嗎？奇怪的是，只要浮現和金元英面對面坐著吃飯的景象，心臟就狂跳，他唯一想得到的就是避免那樣的情況發生。理由是什麼，他並不清楚。一個總是以漠視他意見、貶低他為樂的女子，光是兩個人單獨在馬羅尼矣公園見面這件事，他就想不出有什麼理由。他默默想這是怎麼回事，到底怎麼回事。

「我們要去看紀錄片。」

「什麼紀錄片？」

「去了就知道。為了擴展你的認知視野，特意帶你去的。因為認識的人拜託，所以必須去看。」

她去附近的便利商店買了紫菜飯捲和杯麵後，又回到公園裡找位子坐下。他坐在她旁邊，光看手機。沒什麼東西可看，只能看看連絡人通訊錄。這種時候能收到訊息就好了，但是沒有任何人找他。

金元英細嚼慢嚥，整整花了一小時才吃完紫菜飯捲和杯麵。他在那段時間裡觀察找吃食的鴿群搖搖晃晃走向保麗龍碎片，誤以為是爆米花不斷啄著。不知道是誰把保麗龍弄碎，讓鴿群一直做白工。

那是非常小的單一場館劇場，放映廳和他家的臥房一般大，狹小到連大廳有人來都能知道的程度。金元英接連遇見熟人、打招呼，好一段時間都在相互寒暄，把他晾在一邊。他東張西望，發現宣傳簡介，卻沒走過去拿。擺放簡介的桌子後面坐了兩名女子，看著前方發呆。他要是走過去的話，顯然要搭上幾句話。他沒來由地感覺到壓力。在那個空間裡的每個人，似乎都彼此相識，有種變成異鄉人的感覺。

在黑暗的放映廳裡，他問金元英。

「是什麼紀錄片？」

她遞給他簡介，作為回答。黑暗中看不清簡介上的文字。關燈後，紀錄片開始了。

再次回到大廳時，他像被關在黑暗的洞穴裡，熱衷於令人羞恥的行為，卻突然被全世界看見一樣，滿臉慌張。金元英又把他晾在一邊，和熟人交換觀賞感想，持續熱烈地討論。他不知道視線該看向何方，扭扭捏捏走向放簡介的桌子。他沒有地方可以去。在有人走過來找他搭話前，似乎應該先去某個地方、做點什麼事情，擺出看起來很有興趣的姿態，因為若是有人找他說話，到底該如何問答對他來說更困難。

他一拿起簡介，坐在桌子後方的兩名女子同時站了起來，搶先伸出手說可以多拿幾張，並且問他：

「您怎麼會來這裡？」

「跟著學校前輩來的。」

「名字是……？」

「我的名字嗎？」

「不是，前輩怎麼稱呼？」
「金元英。」
回答之際，金元英朝他們走過來，和兩名女子用眼神打了招呼。女子們似乎這時候才理解，一臉安心地坐下。金元英說：
「那邊主角來了，我們趕快過去吧。」
他朝她所指向的地方看過去，竟然看到了主角憲秀大叔。憲秀大叔坐在輪椅上，一直維持笑容。憲秀大叔的笑容是那麼開朗又燦爛，他突然感到悲傷。結果他沒辦法靠近憲秀大叔身邊，於是搭電梯到一樓。外面是不同的世界。
金元英久久才下來一樓。
「幹嘛先出來？我找了好久。」
避免金元英誤會，他小心翼翼地問：
「為什麼來看這個？」
「不是說過了嘛，為了擴展你的認知視野。這個世界上你想像不到的事情太多了，但是你只努力看著世界普遍的那一面，只說普遍的話。說說看，你想像不到有這樣的紀錄片吧？」
「當然沒想到，不過不是因為我身為一個思考平凡的人，而是任何人都想不到會有那樣的事。」

「但是對那樣的人來說，那是他們的日常，是每一天的煩惱。不光是新年第一天早晨或是聖誕節的煩惱，而是每天早上睜開眼睛、直到晚上睡覺前都要面對的煩惱。現在知道我為什麼找你來看這部影片了吧？」

他雖然想否認，結果還是同意了。她接著說：

「你看紀錄片時一直很緊張吧？全身硬梆梆的，肚子一直發出咕嚕聲。要喝東東酒嗎？附近有好喝的玉米東東酒，我請你。我敢說沒有哪家店比那裡的更美味。」

「不必。」

「不喜歡玉米東東酒？」

「我請您，學姊帶我來看紀錄片，應該是我請客。」

金元英走在前面，他跟在後面一邊走一邊想，身障人士為了性生活，以及能夠有初體驗，付出的心血努力，在今天之前他怎敢想像呢？奇怪的是，隨著時間經過，真的如金元英所說，世界上存在許多他想像不到的人和生活日常，他開始有了真切的感受。因此，他得到了一個結論，對任何事情都不能有斷定式的評論。這麼一來，對於金元英不容許反駁的態度，他仍然無法理解。

但是，玉米東東酒真的和她斷定的一樣，驚人地好喝。

—金元英在「理解大眾文化」課堂上和教授起爭執。教授抨擊了某一位鄙視頗受大眾好評電影的評論家，並且說看不起大眾喜好是不正確的態度。話一說完，金元英馬上舉手。

「教授，我同意那位評論家的意見。」

上課時總是穿藍色西裝、繫紅豆色領帶、頭上頂著顯然是假髮的不自然髮型，五十歲出頭的男教授，慢慢地開口：

「雖然偏向任何一邊都不行，但是大眾性和商業性都是文化的重要元素。我們生活在二十一世紀的資本主義時代，電影和連續劇尤其是資本投入與利潤極大化的過程，是非常重要的產業。」

教授上課時總是對著虛空說話，彷彿空中某個地方有提詞機，語調毫無變化照著念。

「我不認為文化是一種產業。」

金元英一邊說一邊抬頭仰望教授的臉。教授總是定在空中的視線，終於收回來，死盯著金元英看。

「你為什麼選修這堂課？」

「想要說服對大眾文化有錯誤理解的人。」

教授的視線先看向講桌的邊角，接著低下頭，看似凝視自己的腳跟。過了一會兒才抬起頭，不是看向金元英，而是對著其他學生說：

「我教這堂課超過五年了，第一次遇到這樣的學生。很好，有多元的意見。不過，想要拿到好分數就難了，因為這堂課有決定好的方向。」

李起同聽了，看向金元英。他第一次參加讀書會時，金元英曾經說過類似的話。但是，她似乎完全不記得，立即反駁：

「分數無所謂，我認為重要的是我們的意識，因為我們用什麼視角看待大眾文化，將會決定大眾文化的未來。我想告訴同學們，我們應該創造正確的大眾文化。」

教授輕輕笑著，盯著她的臉說：

「那些認為分數不重要的學生，最後是什麼下場，我看多了。畢業時才領悟到自己究竟做了什麼，是於事無補的。分數會一直跟著你到墳墓。」

教授走到黑板前，但她毫無退縮之意。

「我不是那種學生。」

教授沉默佇立了一會兒才轉過頭說：

「你叫什麼名字？」

「金元英。」

教授再次看向黑板說道：

「出去。」

「啊？」

「叫你出去。」

教授的聲音小又細，卻傳播到整個教室，強度足以讓學生懷疑自己聽錯了的程度。金元英發出冷笑，把書收進背包裡，在同學的騷動聲中離開座位。教授從頭到尾都沒轉身看，直到傳來關門聲，才用粉筆寫下兩個字，學生們屏息張望。

「尊敬」

教授放下粉筆，轉身環顧學生。

「這裡不是你們的夢中，而是學校，是大學。我尊重你們，也希望能受到你們尊敬。我從今天開始，將不再尊重你們。我不是以玩笑的心態教導你們，也不是想說那些類似道德教科書的長篇大論才站在這裡的。我也一直努力不複述那些研究報告的內容。我想說的是，在我們那個時代，畢業後端看選哪家公司就業。你們呢？我很清楚不是這樣，所以更應該努力才是。當我說大眾想法很重要，你們就該知道這很重要。為什麼？因為只有這樣才有辦法好好地把東西賣出去。你們不論進入哪一家公司，成為組織的一員後，都會為了把什麼東西賣出去而努力。任何人都擺脫不了，甚至連我也是為了把我的知識推銷給你們。你們不是免費來聽我的課，所以我的知識必須對未來即將進社會的你們有用處。」

教室裡流瀉沉重的寂靜。他長嘆一口氣，和教授四目相對。他坐在金元英剛才坐的位子旁邊，最前面第一排。金元英打從來聽課時就別有用心，大大方方地坐在最前排。教授的視線看向虛空，再次說：

「任何人都擺脫不了，你們要不具備組織要求的資質，成為販賣機器，要不就成為製造利潤的計算機。萬一你們從組織脫離，那個時候就必須成為商品本身，因此……」

教授凝望金元英的空位，接著說：

「我在這堂課中所講的話，你們在心裡不同意也罷，出社會後務必假裝同意。我可是預先告訴你們了，組織和社會是怎麼想的。」

學生們發出類似呻吟的嘆息。教授緩緩地環視學生，下課鐘聲即將響起，稍微整理了一下假髮。他看見教授的頭髮整頭往後退。

她沒開口要他放手，所以他繼續抓住她的手腕。這種氣氛不知道什麼時候才會再有，他對她說：

「要和我交往嗎？」

「我為什麼要和你交往？」

她口齒不清地反問，接著說：

「你不是明年就要去當兵了？」[9]

「那麼，和我交往到當兵前呢？」

她直盯著他的臉，接著問：

「為什麼想和我交往？你不是討厭我嗎？」

「因為我想幫你矯正一下。」

「沒辦法，因為沒有需要矯正的地方。」

她咯咯笑了起來，突然又悶悶不樂。

「我會對你好的，會讓你看到這個世界的天堂。」

他三十分鐘前乾了一瓶小米酒，後勁湧上來，甚至連勇氣都隨之升起。握住她手腕的手也漸漸發熱。

「天堂？」

她甩開他的手，開始大聲笑起來。他緊盯著她的臉。

「我看起來像是嚮往天堂的女生嗎？去那裡的話，我大概每天都會打瞌睡吧？」

「看吧，學姊就是想找麻煩，才會假裝自己有信念。」

「我有說你可以講半語嗎？」

「好。」

「所以，你是說那麼做的話不行？那麼做的話不行嗎？」

「惹別人生氣有趣嗎？」

「很有趣。」

她低下頭，接著又說：

「有趣死了。」

「學姊可以不必這麼賣力，這個世界總會漸漸變壞的，學姊就別攙和了。」

她抬起頭說：

「可是我想創造更好的世界。」

---

9 韓國是義務兵制，男性在十八到二十八歲之間必須參軍。許多大學生會在大二、大三時休學去當兵，退伍後再繼續完成學業。

「不對，不是才說天堂很無聊所以很討厭？學姊的行動是壞世界的幫凶，給別人的不是愛而是憎惡，折磨那些不幸的人。」

「我不是喜歡折磨這件事才折磨人的。所有人都只說顯而易見的話，只有平凡的思考。我只是想有一點點不一樣的思考，試試不一樣的行動，那這個世界說不定會因此而改變。沒有矛盾的社會，是法西斯主義社會。天堂是變化和成長進步終止之地，那種地方和死了沒兩樣。所以，天堂是死了才能去的地方。我在這片天空下生活，這裡出問題的地方太多了。你認為戰爭為什麼會發生？是因為彼此的想法不同嗎？不是，想法都一樣。想要徹底保護自己的東西，同時把別人的東西變成自己的。大家都這麼想，所以才會發生戰爭，或是爭吵不休，缺乏的就是多樣性的思考。思考方式不同的人聚在一起，相互分享意見，討論、反駁，社會應該是這個模樣。」

「現在不就是那樣的社會。」

他說了連自己都不相信的話，她發出冷笑。

「這麼活著不累嗎？順從又圓滑地活著有那麼困難嗎？」

「我天生就不順從也不圓滑。我媽懷我時幾乎孕吐了十個月，出生後晚上不睡覺，讓我媽吃足苦頭。去上幼兒園之前，幾乎和社區裡的小孩都槓上過，還曾經用跳繩打朋友。」

「為什麼要這麼生活呢？」

「不知道。小時候沒有爸爸才會這樣吧，現在回想，好像是沒有爸爸才會這樣。」

金元英不知道是不是喝醉了，雖然前言不搭後語地喃喃自語，他卻似乎能明白她話中的意思。

「因為沒有爸爸，沒有人用權威抑制我那自由奔放的思考，我媽幾乎不曾反對過我所選擇的事。」

他心想自己也是這樣嗎？稍微思考了一下，儘管爸爸幾乎都不在家，儘管現在又再次離家出走，他總是無法強勢表達自己的想法。

「希望你以後在學校，或是公司之類的地方，能稍微像普通人一樣生活。」

「為什麼？為什麼一定要那麼生活？」

「那樣生活，你的心會比現在舒坦。」

「我從來沒想過要以舒坦的心情生活。是植物嗎？為什麼一定要別人給什麼就吃什麼？我會自己看著辦，去找吃的。我最需要的是什麼，我自己最清楚。」

她又強調了一次：

「我自己最清楚。」

「學姊才是最聽不進別人意見的人，那麼，你為什麼認為別人應該聽你的話呢？」

金元英瞪大雙眼，表情訝異，但是看起來內心似乎完全不這麼想。
「即使這樣，你不也託我的福，老古板思想有了些改變嗎？」
「學姊生活的地方是超現實主義的世界。」
金元英笑了好一陣子，笑聲很輕快。
「你，聽過 Live in your head 這句話嗎？」
「是說活在自己的腦子裡？」
「對。」
他過了好一會兒才說：
「對於明年就要去當兵的人，這似乎不是適當的忠告。」
金元英立刻說：
「所以說，和你交往有點那個。你也知道軍人為什麼存在，我可能會不時對你說戰爭怎麼樣、反戰精神什麼的，你承受得了嗎？」
「可以。」
「沒辦法，你承受不了。」
他們互敬最後一杯作結，離開了啤酒屋。他人生的初次告白失敗了，初戀也失敗了，但是他沒受到任何打擊。什麼事都沒有。他心裡想有可能這麼俐落地結束嗎，和她一起笑著搭上校車。運氣很好有兩個空位，金元英坐在一個男同學旁邊，嘴巴微張睡著了，他坐在另一個女同學旁邊，擦拭鼻水和些許流下來的淚水。

第二年他入伍當兵。

—金元英日後以「非暴力主義用語的使用法」為主題，在文化中心和大學授課。她和倡導反戰、反核的社會運動家結婚，他們從早上睜開眼睛，到晚上閉上眼睛為止，談論的都是反戰、反核和非暴力主義。咖啡豆是透過公平貿易合作社購買，豬肉是親自前往放牧飼養的畜產農家，查看在爛泥中打滾的豬隻是否露出幸福的表情，確認後才購買。牛肉太貴了不買。

婚後第四年，她突然覺得胸口正中央有一個洞，通透又淒慘的空洞。每個月準時入帳的薪水應該能填補那個空洞，但學業成績在她試圖進大企業之門時，絆住她腳踝，讓她跌了一跤。

金元英最後到一間咖啡專賣店工作，成為跨國企業旗下提供服務的上班族，操作咖啡機的技術也逐漸熟練。下班後和丈夫在餐桌上相對而坐，聊的話題仍是反戰、反核和非暴力主義，但空閒時會因為櫛瓜價格飛漲而生氣。她曾經講授的「非暴力主義用語的使用法」無聲無息消失了，她在職場中充分發揮運用技巧。

三十五歲時，她不像以前火氣那麼大。一個人一生中的憤怒，就如同喜悅一樣，有事先決定好的配額。她似乎在十多歲、二十多歲的時節已經用完，再也感受不到憤怒。她不覺得自己變了，那些只是經歷過的往事。

5

—凱吉十五歲時，查爾斯·林白成功飛越大西洋。在法國機場的滑行道，車隊開著大燈列隊迎接林白，全美國上下充滿節慶的歡騰。凱吉則是一想到那個晚上，那些照亮機場滑行道的大燈亮光，就沉浸在無聲的喜悅中，或許那將成為他人生中最具象徵性的場景也說不定。那是在黑暗中，別人為了幫他照明，聚集在他將著陸的道路上等候他抵達。他和大家見面、握手、寒暄，回答完他如何到這裡來，從哪裡來，又要往何處去後，就相互道別。

—李起同收到軍方的公益勤務要員[10]判定時，媽媽驚慌失措。他右眼從小時候開始就嚴重弱視，連媽媽都不知道。他為了隱藏這件事，背熟視力檢查表後才去進行檢查。他沒來由地擔心，別人要是知道他弱視，會認為他是有缺陷的孩子。然而，在入伍檢查中沒必要隱瞞，於是軍方基於無法射擊的理由，決定讓他服公益役。一等因為想結伴也同時申請入伍，覺得遭到背叛，咬牙切齒地說：

「右眼看不見的話，用左眼不就得了嗎？」

他同意一等所說的，至於提出異議、要求改服現役，那就毫無意願了。

—李起同在新兵訓練所迎接二十三歲生日。原本盼望著說不定會有人暗中知道那天是他生日，只是那樣的事並沒發生。在四十天新訓期間，他們只是沒有生日、沒有苦衷，連意外事件都沒有的訓練兵。

助教說：

「如果有問題可以發問。」

一個訓練兵舉手問：

「我五天沒排便。」

助教以慣有的嚴肅語氣回答：

「到了該出來的時候，推一下就出來了；即使不想排，也是推一下就出來了。」

幾天後，那個訓練兵說：

「是真的，這個問題完全沒必要擔心。」

—洛依德一開始給他們看的畫，畫風類似喬治歐·德·奇里訶的〈戀歌〉。奇里訶以達達派畫家在蘇黎世登場之前，畫作就很深奧，凱吉並不陌生。太陽神阿波羅的頭像、紅色手套和綠

---

10 韓國除了陸海空三軍、海軍陸戰隊、義務警察等現役兵，另有因爲家庭、身體因素的「公益勤務要員」役（簡稱公益兵，類似我國的替代役）。

色圓球，背景中蒸汽火車噴發蒸汽從遠方經過，那幅畫曾經讓他覺得彷彿是夢裡見過的場面，不禁發出驚嘆。

眼前這一幅洛依德命名為〈那一天〉的創作，主要使用紅褐色、土紅色和鎘橙色。上半身裸露的原住民，聚集在慶典的會場，看起來就像高更畫作中的人物；但另一群朝向他們走去的男子有著大理石頭顱，兩臂長至膝蓋，看起來很詭異。原住民是用泥土和沙子色塗繪，身體比例也很均衡；大理石頭顱的男子，畸形的手臂則是機械和金屬色。凱吉一時之間說不出話。

「是超現實主義嗎？」

好不容易，凱吉才開口問洛依德。

「是表現洛杉磯原住民和入侵的西班牙人。」

凱吉凝視原住民頭上漂浮的兔子和老鷹、兔子和八分音符，還有大理石男子頭上漂浮的灰色鐵鎚和繩索、書本和寶石。

「其實這個是連作，給你們看其他的好嗎？一定要給你們看看，因為是以年代序構成的作品。」

另一幅和先前看的畫作不一樣，是又暗又冷的配色。主色系是普魯士藍、深藍色、灰色和黑色，隨處點綴著沙子色和深土色。最不一樣的是，這幅畫作壓倒性地巨大。形體奇怪的怪物蜷曲在一片黑暗中，唯有看著觀眾的雙眼及末端尖銳的腳趾是鮮紅色。

「你們應該看得出來，這幅是表現一百年後，開始挖掘出石油時。人類終於發現神一直極力隱藏的東西，也就是怪物。」

「你該不會是反對文明的發展吧？」

葛瑞絲急忙問道。洛依德把頭歪向一邊說：

「如果聚焦在文明掏空我們口袋、光是破壞環境這一點來看，我是反對的。」

「對生活的便利性呢？」

「我不怎麼喜歡旅行，光是散散步就夠了。從每天觀察到的東西裡得到靈感，再用圖畫呈現。」

「這幅作品不像是描繪那麼微觀的世界。」

聽了凱吉的話，洛依德回答：

「非常小的東西裡隱含非常大的事物，非常細微的東西裡隱含整個世界。從這樣的意義來看，旅行毫無意義。我是這麼想的。」

洛依德的作品，讓凱吉深受刺激。他逐漸想像某種能變得更巨大的東西，雖然眼前還沒有具體的形象，但那就是他日後應該創作的音樂。他為了以最小的東西展現最大的事物，努力睜大雙眼。

—前往新兵訓練中心之前，李起同經過面試，確定新訓結束後分派到國家情報院服役。他在面試中隱匿爸爸離家出走的事實。

在他想像中，爸爸滿頭白髮，騎著摩托車，在道路上奔馳。不管再怎麼加速，以往的豪情和霸氣已隨風遠去，再也不復追尋。騎車或許只是在追憶和回味過去的時光，逝者已矣。人總是要向前走，他是這麼想的。

—李起同被免除生化房訓練。上面的人認為沒必要讓所有公益兵都去生化房，只選三分之一人參訓。拜他身處的隊伍之賜，他被排除在外。代價則是行軍增加，頒布了一天要走五十公里的命令。行軍路線是先走一半，接著在轉折點休息，然後再走回來。

他依照耳熟能詳的建議穿上厚襪子，做好心理準備，開始穿戴全副軍裝。背上背包的瞬間，他嚇了一大跳，不禁轉頭看向背後。感覺就像有一個大孩子攀附在背上，用力將他往後拉扯。那重量彷彿若抬頭看天空，就要折斷後背，直接往後摔跟斗的程度。必須背著這個走上五十公里，實在令人難以相信。

一離開練兵場，就有一名訓練兵哭著往側邊倒下，接著被拉到別的地方去。正逢行軍出發之際，訓練兵竊竊私語，但是沒有人評論落隊者是裝病或是真病，大家都忙著感受背後那足以讓人輕易摔倒，真實的重量。

向前，向前，向前，只是向前。從出發那一刻開始，訓練兵的臉上一片晦暗。沒有任何人絮絮叨叨，即使助教沒有命令大家禁語，大家都閉緊嘴巴。背包的重量在他們的嘴巴放上沉重的石塊。可能活著回來嗎？悲觀的念頭加重了重量。

他不停地走，沒察覺到風景變化，事實上風景看起來似乎完全一樣，只有農地和果樹園、堤道、道路旁的路肩和山坡。單調到極點的風景照片接連出現，就像被拘禁在封閉的紙箱裡面。他為了忘掉小腿和雙腳的疼痛，刻意東想西想。甲殼類，我是擁有像軍靴一樣堅硬螯足的甲殼類。但是，心情並沒有變好，疼痛也沒消失。

放棄雙腳了，甚至不敢查看雙腳是什麼狀態。午餐的米飯、湯和小菜，小到不能再小，腸胃空蕩到發出回音。雙腿的疼痛慢慢到達極限，逐漸變得遲鈍，然後就像咔嗒一聲按下開關，痛感同時間一起消失。痛苦的感受不再傳達到大腦，感覺細胞彷彿罷工了。在這種狀態下，他還是繼續向前走。黑暗降臨，只有軍靴的踏步聲，誰都沒開口說話。似乎從出生開始到現在一直在走路，似乎就這樣一路朝死亡的方向走去。

—新訓結束前的最後一週，李起同目睹了助教一百八十度的轉變。總是高聲吼叫的助教，了解後原來是充滿興致的男人。他像催促溫馴的羊群一樣對待他們，用鼻音哼歌下命令。有人這麼說：

「知道那傢伙為什麼那樣嗎？害怕我們結訓後打爆他頭，所以才那麼做。」

幾個人聚集成為小組。他們即將到地方事務所等地服役，有三天休假，正擬定計畫在休假時偷襲某一名極度貶低公益兵的一兵[11]。那個一兵的休假日期偏偏和他們一樣。他們看起來很認真，李起同沒參與計畫。

他一走出新兵訓練所，正走入他期盼已久的世界之際，一張熟悉的面孔向他招手。他像著魔一樣，跟隨手勢走過去。巴士前面的玻璃窗上張貼著「國家情報院」的方形紙，他僵住了。其他訓練兵也和他一樣，在男子的手勢下，受蠱惑般地坐上車。他們原本以為可以回家的，陷入極度的混亂，所有人臉上浮現驚恐和慌張的情緒。

五十人座的巴士，只搭載一半的人就出發了。他因為焦慮而抖腳。到達國情院前面，巴士放他們下車，往別的地方開走。他們的臉色逐漸變得鐵青，不是說休假三天？雖然所有人都有這個疑問，但是沒有人開口。

他們被帶到士兵寢室，從新兵訓練所的寢室到國情院的寢室，只是變換場所，本質毫無改變。

他在混亂中打電話給媽媽，這是收到的指示。

「媽，我要在這裡多集訓幾天。」

他覺得一切像作夢，但就算是噩夢也沒有這樣的噩夢。收到補給品後，訓練所同梯開始七嘴八舌。

「什麼呀？怎麼一回事？」

「我們現在沒辦法回家了嗎？」

國情院的一兵對他們大喊：

「閉嘴，你們這些兔崽子。」

大家緊緊閉上嘴巴。曾經哼歌的助教不見了，毒辣的一兵又回來了。馬上就要開始集中訓練。

—韓國，國情院，二〇〇〇年過後某個時刻。制式訓練時間。

看過一兵的示範，二兵發出讚嘆。接著是上兵示範，結束後現場一片寂靜，一會兒才爆出如雷的掌聲。太完美了。上兵才稱得上是完美的軍人。

11 韓國義務役士兵階級，依序是二兵（三個月）、一兵（七個月）、上兵（七個月）、兵長（四個月）。

某個人說：

「軍人的完成度在於上兵呀。那麼，知道當上兵長的話會如何嗎？會有隱身術，所人都找不到他。」

話聲一落，另一個人說：

「那麼，知道是誰找到那些兵長的嗎？是行政補給官啦。」

韓國，國情院，二〇〇〇年過後某個時刻。背誦暗號的時間。

開始練習在巡哨時用數字和簡短單字組成的暗號，以無線電發送訊息。他按照順序巡邏十二個哨所，用暗號發訊息。各哨所的前輩同步聽到還沒記熟暗號的菜鳥新兵手忙腳亂且挨罵的情景，發出爆笑。

李起同太緊張，一抵達哨所就這麼說：

「手舉起來！動的話就開槍！」

前輩聽了，一臉荒謬地看著他說：

「兔崽子……你有槍？」

他毫無頭緒，他當然沒有槍。他一臉鐵青看著前輩。

韓國，國情院，二〇〇〇年過後某個時刻。毒蠍的嘮叨時間。

某一天「毒蠍」出現後，對他們說：

「公益兵算什麼二兵呀？以後就叫二十九期，就這麼叫名字。」

他們回到寢室後才抒發不滿，有人說：

「公益兵就不是軍人嗎？」

沒有任何人回說公益兵不是軍人，但是也沒有任何人說公益兵是軍人。是軍人或者不是軍人，無從得知，卻又不是一般百姓。李起同感到頭頂發癢。

韓國，國情院，二〇〇〇年過後某個時刻。職員蠻橫的時間。

他們聚集在體育館時，國情院職員走向他們說：

「請一起打場籃球吧。」

「不了，我們不打。」

那個時候他們沒有心情打球。

「別這樣，請一起打吧。」

他們再次拒絕，接下來職員的表情變得冷淡，回嗆：

「喂，我們說什麼你們必須照做才是吧。」

「我們為什麼必須那麼做？」

一個以白目聞名的同梯，出面以半語這麼反問，國情院職員一看就是比他們都年長的人。

「你現在是講半語嗎？」

「是你先講的。」

「你們是國家借給我們用的，我們說做什麼，你們就必須二話不說照做。不過就是公益兵，現在還敢不照吩咐做嗎？」

韓國，國情院，二〇〇〇年過後某個時刻。雅科仕[12]經過時。

他們的制式動作毫無誠意，拖拖拉拉向前走，一看到幹部搭乘的雅科仕經過，才以正確的角度擺動手臂，步調一致前進。毒蠍最後知道了這件事，當著他們的面漲紅臉發火：

「不過就是公益兵，做什麼制式訓練呀？看了就討厭，你們以後別那麼做了！」

在那之後，他們改搭乘卡車在哨所間移動。一個一個下車，腳也不會痛，真的很舒服。雖然心裡這麼想，但不知為何餘味並不暢快。

駕駛他們卡車的負責人換人，新的事務官沉迷網路撲克遊戲。事務官抓住即將下班的他們說：

「一回家就連線韓遊網，我等你們。一個都不能少，每個人都要連線。」

他一進入家門就連結遊戲網站，跟，跟，跟，不跟，不跟，不跟，跟，跟，跟，不跟，不跟，不跟，連續不停地按著按鍵。事務官的遊戲金賺得飽飽的。

韓國，國情院，二〇〇〇年過後某個時刻。人物列傳。李起同最喜歡的人物是？

①他們採取日（間）—夜（間）—休（班）的輪值制度。有一天毒蠍用腳踢開門，一走進來就暴怒指著他們說：

「是哪個兔崽子？」

他們集體受罰，偷偷觀察彼此的神情。沒有人知道到底是誰做的。毒蠍一離開，有個人腳步踉蹌站起來說：

「是我幹的。」

---

12 韓國現代汽車生產的國產高檔豪華轎車。

沒有任何人怨懟這個告密者。過了一週，毒蠍再次以海鞘一般的紅臉龐出現，大吼：

「到底是哪個兔崽子！出來！」

他們沒看向告密者。集體懲罰結束站起來後，另一個人說：

「喂，別再當抓耙子了。」

其他人什麼話都沒說。李起同只揉一揉果然很痠痛的肩膀和手腕，沒有說出別再做了這類話。告密者低頭凝視地板。

幾天後，伴隨著彷彿要破裂的聲響，寢室門被打開，毒蠍又來了。然而，意外的是，臉上不是要噴發熔岩的模樣，而是平和又蒼白。毒蠍一臉若有所思地走進來，手背在身後眼神望著虛空開口：

「拜託，請別再那麼做了。現在正尋找對策，以後不會再有超時勤務，因此請不要再向國防部抗議！我會負責並想出對策，拜託行行好吧。」

毒蠍突然用敬意懇求他們。毒蠍離開後，大家激動地拍打告密者的背，各自對他說一聲：

「辛苦了。」

②曾經有一個誰都無法了解的傢伙。不管做什麼事都慢吞吞，也經常喃喃自語，問他任何事

幾乎都得不到回答。大家都疑惑，這種傢伙是怎麼通過面試的？奇怪的是，那傢伙似乎不覺得孤單，總是一臉冷漠又淡然，走到哪裡都抬頭挺胸。李起同有一天偶然目睹了那傢伙的下場。

毒蠍的手朝向那傢伙的臉飛過去，準備連續用力搧打耳光那一刻，那傢伙快速跪倒在地，雙手聚攏、高聲呼喊：

「噢，主啊！」

毒蠍僵住了。那傢伙不斷地哭喊：

「噢，主啊！求求您！主啊！」

那傢伙雙手放在膝蓋間，額頭點地，找到了他的主。毒蠍抬起的手臂，無力地垂下。他的主把在國情院迷失的他，引渡到垃圾場。那傢伙去清理垃圾可能會過得更好吧，大家異口同聲地說。

③有一個同梯要重考大學入學考試，總是和題目本形影不離，大家都像對待考生一樣和他相處，誰都不和他開玩笑。或許是因為這樣，考生的表情日漸變得晦暗，話也驟然減少。這麼一來，大家更認為他是考生，後來幾乎不和他搭話。或許是因為這樣，考生臉上的表情如同在地獄裡生活，像屍體一樣行動。

他在哨所裡面打開題目本，正絞盡腦汁時看到了恐怖的幻影，以為是自己的煩惱和痛苦所引來。對方的臉和身體滿是鮮紅血跡，甚至連五官都不是熟悉的模樣，貌似國籍不明的鬼怪。考生發出慘叫，從椅子上猛然站起來。鬼怪用力拍打哨所的窗戶。考生後來告訴李起同，那時他以為自己可能沒考大考就死掉了。

鬼怪以生疏的韓語和陌生的腔調告訴考生：

「我，被打了，被老闆打，老闆不給薪水。」

考生到這個時候才仔細打量鬼怪的臉，在他身上發現了既熟悉又陌生的感覺。鬼怪是從菲律賓來的年輕男子。

「老闆不給薪水，又打人。臉也打，身體也用力打。」

考生以無線電再次報告狀況，曾經魂飛魄散的眾人，這才同時放鬆下來，虛脱地舒了一口氣。

菲律賓勞動者在他們圍繞下，往哨所下方走去時還一直說：

「被老闆打了，不給薪水。韓國很可怕，老闆很可怕，很壞。」

他輕拍菲律賓勞動者的背，能做的也只有這個了。有人對菲律賓勞動者說：

「不要再來韓國了，韓國人只會利用別人牟利，自己絕對不吃虧。我說的你聽得懂嗎？」

「聽得懂，但是我必須拿到我的錢。」

沒有人能夠反駁他的話。菲律賓勞動者被驅離國情院。

他日後聽說，附近的家具工廠老闆從此更全面地監管外籍勞動者。

韓國，國情院，二〇〇〇年過後某個時刻。李起同最緊張的時刻？

①毒蠍似乎一開始就對李起同很不滿意，要不然就不會以他踢哨所門為由，折磨他那麼久。

「為什麼那麼做？」

毒蠍以竹尺用力戳自己的大腿問他。

「李秀成前輩在我哨所裡，一不小心才會那樣的。」

「所以就踢門了？留下腳印的程度？」

「對不起。」

「再問你一次，為什麼那樣？啊？為什麼那麼做？」

他腦子裡一片混亂，那只是同梯之間的玩笑而已，負責人雖然也在旁邊，但卻什麼話都沒說，取而代之的是無法辯解的氣氛。毒蠍瞪著他，再次說：

「說說看理由，好好說，老實交待。」

他在混亂的大腦中搜索，想要勉強找出一個像樣的理由，只是像樣的理由一開始就不存在。問題是毒蠍也很清楚這個狀況，卻仍執意要他做合理的說明。

「我可能是，應該是，想對李秀成前輩放屁的惡臭，以特別的行動來表達。對不起。」抬起頭來的毒蠍，這時才顯露可以接受的表情。他本人雖然覺得完全無法接受，但是不必受罰就安心了，回到了寢室。一切都是因為李秀成前輩在他哨所裡面放屁所引起，這個事實實在令人無語。李前輩已經忘了這件事，像雞一樣蜷縮坐著，在打瞌睡。

②執勤哨所是在幽暗的山裡。取暖是用燈油暖爐，李起同一手提著包含前輩那一份的燈油，另一手是從熱水壺裡裝滿水的保溫瓶，順著黑暗的山路往上走。踩踏樹枝的聲音、風撲打樹葉的聲音、夜間才展翅拍打的鳥聲，除此之外聽不到其他聲音。然而，安靜側耳傾聽，似乎總會聽到人的說話聲，每當那種時候，停下腳步張望的話，人聲就迅速消失。

李起同獨自在哨所裡執勤時，老是往外面看。樹木的樣態每到晚上就變得模糊不清，有時候風一吹看起來就和人一樣。朝他招手的人，走向他的人，靜靜看著他的人。他原本不相信有鬼神存在，沒多久他就領悟到，那是因為他在都市的燈光和人群包圍下生活的緣故。在山裡面完全不一樣。

有一天，某個黑漆漆的東西快速飛過來，衝撞哨所窗戶。他嚇了一大跳，驚嚇程度就像心臟暴跌到地上，然後又再次衝向天花板。寂靜中突然發生的動作和聲音，產生的波動本來就比實際還強烈。他滿臉緊張地說：

「手舉起來！動的話就開槍！」

小心翼翼走到外面查看，哨所下方有一隻跌落的烏鴉。衝撞的瞬間撞到頭，似乎已經死掉了。他查看周遭，確認沒有人才進入哨所。心跳並沒有變緩，不祥之事即將發生的預感，烏鴉之死似乎是他死亡的前兆。他最後打開無線對講機，報告一隻烏鴉撞到哨所窗戶死掉了。收到要他別擔心的回覆。

他盯著隨風搖曳的樹木，突然看見有什麼東西在移動。他從椅子上彈起身，那個東西越來越靠近，有兩隻手臂和兩隻腳。是人！他的心臟開始狂跳。當他拿起無線電，對方的模樣完全顯現。

是滿頭白髮的老奶奶。

老奶奶笑得燦爛走過來，但是模樣有夠糟的，全身都散發出疲憊和絕望。他一走到外面，老奶奶就猛然抓住他的手。

「哎呀，在這裡遇到警察了。幸好，真是幸好！」

「我不是警察，是公益勤務要員。老奶奶，您從哪裡來的？」

他擔心老奶奶會回答從北邊來的，心臟怦怦跳動。腦中浮現了自己被南派間諜[13]射殺，被同梯發現倒在哨所前面的景象。老奶奶說：

「白天來爬山，迷路了還是怎麼搞的。怎麼走都還是在山裡面，暗濛濛的，很害怕還哭了。幸好在那邊遠遠的就看到光，是燈光，太高興就往這裡來了。看著燈光走過來的。我因為小伙子得救了。差點在山裡面凍死，得救了。」

老奶奶開始嗚咽哭了起來。他一時不知所措，要她先連絡擔心的家人。結果老奶奶說：

「我沒有家人，沒有人會找我。我就算在這裡凍死，也沒人知道。所以真的很謝謝小伙子，大半夜在這裡開著燈，等待像我這樣的人。」

他沒有否認，因為就算告訴老奶奶他到底是做什麼的，老奶奶貌似完全無法理解。

「小伙子一個人在這裡嗎？」

老奶奶心情穩定下來後問他。他遞溫水給老奶奶時，無線電傳來後輩的呼叫。

「是的，在換班前都是一個人。」

「不害怕嗎？」

他以微笑作為回答。

「會怕吧？就算假裝不害怕，應該還是會怕的。哎呀，必須早點統一才行呀。」

老奶奶似乎終於理解他是做什麼的。後輩過來將老奶奶接走，他一再叮嚀老奶奶這裡是一般人不准出入的區域，不能再過來。他收拾好老奶奶用過的茶杯，坐了下來。在黑暗中搖晃的樹木，現在看起來就只是樹木而已。

③終於收到召集解除令，李起同走出國情院大門。

—凱吉正準備搬離洛杉磯。葛瑞絲在西雅圖有位朋友，嫁給一個有錢人，她說會提供他們倆吃住。葛瑞絲心想在他們離開洛杉磯前，凱吉一定會向她求婚。只是，一直到離開那天都沒發生。

凱吉的父親對他說：

「兒子呀，我想你終於還是走上了漂泊之路，每一個男人必然都要有這樣的經歷。」

父親當時喝醉了，母親瞪著他說：

「凱吉，不必理會你爸說的話。話說回來，你真的不打算和跟你一起離開的那位小姐結婚嗎？」

————

13 即北韓派遣到南韓從事間諜活動的人員。

凱吉笑著回答：

「母親不知道才會這麼問，葛瑞絲是想法很進步的女生，不是那種受婚姻綑綁的女生。」

母親語氣陰沉地說：

「聽起來像是我做了愚蠢的選擇啊。」

凱吉乾咳幾聲。搖手否認的不是他，而是他父親。父子倆低頭看著餐盤，沒說任何話。

—復學在即，李起同收到噩耗。爸爸在江原道的某個加油站，被倒退的卡車壓到而身亡。在沒什麼人來悼念的靈堂裡，他長時間看著爸爸的遺照。媽媽沒有哭，少數幾名親戚離開後，靈堂一片空蕩。他感覺到爸爸之死，在異常低調又安靜的沉默裡，無聲過去了。

媽媽關上紫菜飯捲店店門，和阿姨們去慶州旅遊。他沒有事情可做，打開房間裡所有電燈，甚至把電視的音量開到最大，淒涼仍然沒有散去。爸爸原本就是不在家的人，現在卻是不在任何地方了。

—一走入店裡，雜亂光景迎面而來，和外面的平靜截然不同。李起同問櫃台裡的店員：

「請問這裡要關門了嗎？」

「是的，有很多好電影，請挑選。」

那些他曾經看過的經典電影，一一貼著價格。還有兩名客人，和他一樣在挑選錄影帶。架上就像缺牙一樣不時有空格，有不少影片已經被挑走。即使如此，經典電影和藝術電影大部分都還留著。

他挑選了《穆荷蘭大道》和《中產階級拘謹的魅力》，這兩部影片老闆曾經推薦，但是他還沒看。他向店員打聽老闆的近況，店員說：

「一個月前去世了。」

李起同回家後接連看兩部電影，看完後吞了兩顆腸胃藥。

6

——李起同混水摸魚就成為畢業班學生，除了他之外，似乎沒有人跟他一樣渾渾噩噩地成為大四生，他從同學們身上領悟到這個事實。所有人早已想好自己未來的道路，參加司法考試、研究所入學、公務員、關稅法務、勞資事務師等各種考試，追尋安穩的工作。

他卻從平衡木上滾了下來，儘管不是時候。

——人文會館[14]的招生日期雖然已經截止，但所有課程都沒招滿學生。李起同在櫃台報名後，立刻就進去上第一堂課。他選擇的課程是「精神分析學入門」，不是因為對佛洛伊德感興趣，而是想對自己進行精神分析的念頭太強烈。教室裡稀稀疏疏坐著六名學生，都是女性。

講師是四十歲後半的男性，禿髮造型，頭部兩側的頭髮刻意往上梳，蓋住頭頂和額頭。由於長得像癩蛤蟆，第一印象自然好不了。講師站在講台前，徐徐環顧學生，然後低下頭說：

「這一期的學生少很多呀。」

講師的聲音透過胸前別掛的小型麥克風，在教室裡擴散。學生仍然一臉平和看著講師，只有一名女生是二十歲後半，其他都是媽媽級的年紀。他尷尬地坐在最後面的位子，覺得自己到了不應該來的地方。

「雖然不知道是怎麼一回事，這樣真的很為難。」
坐在李起同前面的婦人，突然回頭問他：
「你有可以找來上課的朋友或家人嗎？」
「沒有。」
婦人轉回頭，對講師說：
「學生人數少，比較能集中吧。」
婦人一邊笑一邊說，講師卻輕輕搖頭。
「我必須出去一下，請稍等。」
講師打開門走了，學生亂哄哄地議論。過了一會兒，空中傳來講師的話聲。講師忘了胸前的麥克風還開著，對會館職員吐露不滿。這樣的話很困難，學生太少了，很困難，什麼都沒辦法做，學生們什麼都不知道……
不久後，講師回來了，教室裡流瀉著尷尬的沉默。先前問李起同有沒有朋友可以帶來的婦人說：
「老師，您剛才說的話我們都聽到了，麥克風開著。」

14 類似救國團的社區課程，報名參加者的年齡層比較廣。

講師瞬間停止動作，但臉沒有紅，也沒做任何辯解，只把雙手放入長褲口袋，緩慢又輕聲地說這樣呀。從講師毫不慌張的模樣，可以感受到精神分析學的力量。

「既然說到這件事了，這一期的課很難進行下去。」

「為什麼？上學期您不是鼓勵我們上非營利組織開的課程，說在好的氛圍中團體學習比較好。」

「是有這樣的理由，但現在做不到。這一期取消，下一期招更多學生再開課似乎比較好。」

學生們不為所動，坐在最前面的一位婦人說：

「老師，不能這樣，請繼續上課。」

「不行，有困難。」

講師也毫不退讓。

「不行，請繼續。」

婦人突然哭了起來。

「我除了這裡沒地方可去，沒有地方可以上課。一開始不是約好了，會上完入門課程。現在說這種話，我，我真的……會從那扇窗戶跳下去！」

婦人突然站起來，凝視前方的窗戶。除了講師，所有人都嚇得合不攏嘴，卻也沒有人出面阻止。講師慢慢走到白板前面，開始寫字。

「邊緣型人格障礙」

教室裡是凝重的沉默，大家臉上都浮現懷疑和好奇心。講師語調異常緩慢地說：

「非常難矯正。雖然很難，但是會有幫助的，請來找我吧。私下到我的研究所來找我，稍後會告訴您地址，請來找我。」

就這樣，原本想從十一樓跳下去的婦人，快速坐回位子上，開始在筆記本上寫東西。應該是寫下「邊緣型人格障礙」這幾個字。

講師再次致意，說了下一期再見後，關掉麥克風。李起同沒有任何舉動，其他同學則是一臉沉痛地走出教室。教室裡只有他和那名得到邊緣型人格障礙診斷的婦人。

「還想知道什麼嗎？」

「學習精神分析的話，可以改變我的人生嗎？」

講師沒回答，走到白板前面，一隻手插入褲袋中站了一會兒，才開始寫下：

「佛洛伊德精神分析學入門」

接著又在旁邊寫下自己的名字後說：

「閱讀我寫的這本書吧，會很有幫助的，只是不會因此讓您改變人生。那是您本人必須做的事，不是學問做得到的事。」

—住在豪宅裡的亞曼達歡喜迎接凱吉和葛瑞絲。亞曼達是個美人，但是時尚風格很奇特，打扮幾乎與男裝無異。亞曼達的老公阿諾，明顯比凱吉年長許多，曾有一個時期大部分時間都泡在巴黎的咖啡館，和作家們相處融洽。因此他自然地問起，凱吉把夢想從小說家改成作曲家的理由。凱吉說：

「小說家有很多時候必須放開自己變成其他人，至於作曲家做自己就已足夠，畫家也是這樣。小說家卻不能，必須演戲。」

阿諾看似無法理解，歪頭問：

「就算小說家要演戲吧，那也仍然是演自己不是嗎？」

凱吉更堅定地說：

「並不是，作家必須和自己疏離。如果所有作品的主角都是作家本人，誰會繼續看那本書呢？」

阿諾自言自語：

「這種話生平第一次聽到。你該不會是無法克服瓶頸，才產生這種歪曲的價值觀吧！」

凱吉默不作答，好一陣子才說：

「不管怎樣，重要的是心因為什麼而悸動，如此而已。我的心在寫小說時就像死了一樣。小說是必須過分留意別人眼光的創作，連閱讀者都會期盼一直有均衡感，偏向任何一邊的文字沒有人會喜歡。然而，音樂和繪畫就不一樣了。觀賞者期盼的是創作者的內心，而不是那些可能性的故事，反而是不想看到那些，才會聽音樂和欣賞畫作，也就是希望能脫離現實。」

凱吉充滿確信地看向葛瑞絲，她卻沒看他，只是用指尖擦揉桌上的污漬。

他晚一步才想到，葛瑞絲在寫小說。

她抬起頭，茫然看著他說：

「看我寫的小說時也這麼想嗎？」

阿諾以茶杯遮掩隱約笑開的嘴角，他覺得沒有事情比看情侶吵架更有意思了。他暫時成為透明人，津津有味地旁觀葛瑞絲的攻擊和凱吉的防守。

—李起同原本在等候紅綠燈，終究按捺不住好奇心，走進小棚子裡。鼻毛長到擋住人中的老先生抬頭看他，他雖然想轉身離開，最後還是在老先生面前的椅子上坐下來。椅子是四處貼著黃色膠帶的圓板凳，而老先生的模樣比圓板凳更寒酸，身上的外套和流浪漢的差不多，雖然沒發出惡臭，但也在發臭邊緣。算命老先生的眼眶滿是眼屎，看著他說：

「要問什麼？事業？感情？」

「事業，多少錢呢？」

「一萬。」

「事業和感情一萬圓嗎？」

「各一萬，分開。」

老先生似乎要他牢記似地，用力撐開眼睛，他卻只看見幾乎遮住眼睛四分之一的大片眼屎。

老先生詢問他出生年月日和生辰，用手指頭算了算，在筆記本上飛快畫了幾筆，接著突然停下說：

「那麼，想問什麼？」

「這我也不太清楚。」

「不清楚的話，到底為什麼來這裡？」

「我想知道做什麼工作比較適合。」

「白領工作。」

「什麼？」

「白領工作，上班族。這裡是這麼說的，不要去國外，不要創業，上班族最適合，上班族。」

「國考的話如何呢？」

「考試？」

老先生睜大雙眼，又開始嗖嗖畫了起來。但是，這次表情變得沉重，遲疑好一陣子。

「考試的話不好嗎？」

他忍不住開口問。

「不是這樣……要考也可以，也可以。」

老先生闔上筆記本，似乎想草草收尾，一直說些明顯又老套的話。

「想做的事都去做，什麼事都可以，因為還年輕，前途燦爛。就是不要出國，和國外水土不合。腸胃比較弱，經常拉肚子吧？」

「沒有，幾乎沒有。」

「反正不要出國，不要創業。」

老先生自言自語又說了幾句類似的話，問還想知道什麼。他很好奇老先生的身世，卻開不了口。

「一萬圓。」

他一從錢包抽出一萬圓，老先生隨即快速搶走。他走出棚子，感覺像眼睜睜遭受詐騙，心裡很不是滋味。說什麼上班族，他已經投遞三十三封履歷，沒有任何公司有回音。

最長囚要他去鷺梁津，她說：

「你不是說沒有想做的事嗎，那和我一起準備公務員考試吧。」

最長囚雖然終於進了大學，但校園在遙遠的外縣市，通車很困難。她勉強上完一學期就退學，每天待在家裡，然後為了準備公務員考試，重新回到鷺梁津。神奇的是，她一回到鷺梁津就充滿活力。

「看來我這輩子都離不開這裡，這種程度的話幾乎是地縛靈[15]水準吧？」

最長囚笑了好一會兒。現在似乎應該改叫她無期囚，而不是最長囚。

「有和他連絡嗎？聽說在新林[16]？」

無期囚每次和他見面時，都會不動聲色關心一等的近況。一等在新林閉關，他想在畢業之前通過所有科目，擬定了嚴格的計畫，發現自己做不到後感到很灰心，於是把頭髮剃短搬到新林。

「沒連絡，他應該也沒那個心思。」

無期囚表情苦澀，倒了一杯酒說：

「怎麼你和我還有他，好像都回到了原點，好奇怪。原本以為上大學，就可以進到另一個世界，為什麼又是鷺梁津，又是新林啊？為什麼又是補習班？煩死了。記得我以前說過的話嗎？五修生的時候。為什麼我們的人生不是鷺梁津就是大學，好像只能這樣？」

「記得。」

「即使到了三十歲，卻又說著相同的話，為什麼我們的人生不是鷺梁津，就只能是公司呢？」

他很清醒，無期囚卻額頭靠在桌上睡著了。把她搖醒後，她堅持一定要去KTV唱〈三十歲之際〉。然而，一到KTV她就去洗手間，好一陣子沒回來。他一個人呆坐著等候，開始唱起〈三十歲之際〉，平淡又無味。

歌曲一結束，旋轉彩燈跟著熄滅，變成明亮的燈光。無期囚晚一步才走入沒有舞台氣氛的包廂，猛然發火說：

「你先唱了，那我要唱什麼？」

「再唱一遍不就得了，我來按號碼。」

「不行！那首歌只能唱一次。」

「為什麼只能唱一次？」

「因為不想浪費。」

「浪費什麼？」

「感情！」

無期囚尖聲吼叫。

---

15 死後的幽靈，由於某種限制或執念，被束縛在某個地方無法離開。

16 新林（洞）隸屬首爾市冠岳區，鄰近首爾大學冠岳校區，聚集許多補習班、讀書室、考試院（狹小且租金低廉的單人雅房或套房）。

——李起同每天只睡四小時就已足夠，其中還有兩小時是閉上眼睛，用盡想像力幻想自己是一艘四處漂流的小船。他媽媽仍然捲出一條條整齊、沒有裂口的紫菜飯捲，完全不知道他在打工。媽媽總是說他命中註定要考試，然後當法官和檢察官，他沒有因此心動。小時候媽媽說他命中註定要當醫生，他曾經默默地相信，然而現在不會了。他心想自己命中註定要順其自然、隨波逐流地活著，媽媽若是知道的話一定會氣悶而昏倒。

有一天，他發現郵差硬塞在信箱裡的文件袋。袋子四角凹陷，沾滿烏黑的手垢，不知怎麼看起來很不吉利。收件人潦草寫著爸爸的名字。他當場把文件袋打開來看，裡面有一張小紙條和一冊厚重的筆記本。從小紙條上面的簡短文句推測，寄件人應該是爸爸短期承租的房子屋主。

他打消外出念頭，回到屋裡。然後從下午三點開始直到晚上七點，一動也不動地閱讀爸爸的筆記本。那是以短篇形式書寫的長篇小說，但是無法確定，有可能是十篇短篇小說的合輯，也可能是十個章節構成的長篇小說。每一篇的人物都以他和她指稱，因此無法判斷是否為相同的人物。似乎具有類似的風格，卻又突然出現全然相反的模樣。更重要的是，從整體來看，對話的流向沒有一致性。爸爸的小說簡單說是一個男人騎著摩托車浪跡天涯的故事，但人物主角就算從罹患解離性遁走症來看，也太沒有方向了。結尾就像江水突然蒸發一樣措手不及，主題到底是什麼，想要傳達給讀者什麼故事，完全摸不著頭緒。

他躺在床上，看著天花板角落的黴斑，思索爸爸到底希望他做什麼。如果是希望小說能夠出版，那他幾乎無能為力。即便可以寄給出版社，卻不可能隱瞞作者已故的事實。就算真的投稿，無法判斷是長篇小說還是短篇小說的原稿，加上作者毫無文壇經歷，不會有出版社樂意出版。然而，那天晚上他還是得到簡單的結論。

他翻遍新春文藝徵文[17]辦法，十天後把稿件寄給一間報社。他以第一章作為短篇小說，用自己而不是爸爸的名字參選。他知道這麼做不妥，卻還是寄出，因為強烈感覺到不可能獲選。

一個月後，他到報社網站查看審查講評，爸爸的小說不在三篇競選作品中。雖然是意料中的結果，他還是覺得非常喪氣，似乎對爸爸犯了大錯。（就像是無意間給爸爸丟臉的心情。）他打消了以第二章參加另一個徵文獎的計畫，而是把十章組合成長篇小說參選。秋天悄悄地來了又走，等待中的消息毫無音訊，後來確認才知道，連決賽都沒進入。他能做的事到此為止了，他決定把爸爸的小說收入房間的書桌抽屜。在他看來，這個世界毫無資格評價亡者遺留下來的小說。他開始研究小說，最後試著寫短篇小說。仔細回想，到目前為止渾渾噩噩度過的歲月裡，最快樂的時光是重考在補習班上課時，偷偷背著老師看小說。

---

17 韓國主要的報社每年會舉辦新春文藝徵文，並在一月一日刊登獲選的短篇小說、詩、童話和評論。

—在頒獎典禮中，李起同的媽媽流下眼淚，不過很快就蒸發了。她拿著兒子給的巨大花束，像花環一樣站著。搭乘電梯下樓時，媽媽問他：

「怎麼寫起小說了？」

他吐露是爸爸遺留的小說，媽媽非常訝異，一再詢問那個小說在哪裡。仍然在他房間的書桌抽屜裡，他拿出來的是最後一章。他幾乎修改一大半，另一半仍然是爸爸寫的原稿。新年第一天的報紙以醒目標題刊登內容，離開爸爸和他的手，走進這個世界。他隱瞞了這個事實。

—凱吉一走進會客室，康寧漢隨即從沙發起身。一位舞蹈學系的教授委託凱吉作曲，康寧漢是那位教授的弟子。凱吉上週和教授大吵一架，彷彿永不再相見般，怒氣沖沖走出練習室。康寧漢對他說：

「教授也很後悔。」

「那他說會跟我道歉嗎？」

康寧漢慌張地說：

「雖然不是，但也不能當作什麼事都沒發生。兩位所成就的事，對我而言非常重要。」

他沉默看著康寧漢，然後說：

「我很好奇理由是什麼？」

「教授打鼓時……」

「不是鼓，是垃圾桶。」

「不管是什麼。那時我領悟到，音樂對舞蹈來說非常重要。」

「安德魯似乎不這麼想。」

「教授認為音樂是附屬，雖然有必要，存在感卻遠不及舞蹈。首先是舞蹈，接著是舞台，當然前提是前面有觀眾。音樂或許只是背景，朦朧的背景，但我並不這麼想，我想打破對舞蹈音樂既有的偏見。我想站在一個舞蹈和音樂同等重要的舞台上。」

凱吉回問：

「同等重要？」

康寧漢沒回答。還不是同等重要嗎？現在仍無法看清他的心意，或許這只是開端而已。他還年輕，凱吉也很年輕，他能確定的只有這一點。他和凱吉未來能改變什麼，無論舞蹈還是音樂，或者舞蹈和音樂一起，他認為對這個世界都很必要。（世界最需要的便是尚未生成的事物。）

即使康寧漢沒說，凱吉也明白，可以明白。

—最長囚戲劇性地逃出鷺梁津。打算再考不上就放棄的最後一年，她帶著公務員資格證回家。她媽媽原本想在公寓陽台掛上橫布條，勉強忍住了。消息快速傳開，媽媽接受鄰居的祝賀，每天都很開心。一位動作快的媒人，放下自己不動產仲介的本業，開始遊說相親。同社區有一位單身男數學老師，個性誠實又低調。她當場拒絕，如果是國文老師，可能還會去見個面，數學老師絕對不行。她媽媽雖然早就預料到她不會乖乖去相親，還是勉強忍住。喜悅更強，目前還是。

一等接連落榜，像大樹一樣在新林洞的考試院扎根。但是，他不再為了準備考試而賣命，頭腦變得很混亂。唯一和他交好的同事，事前毫無跡象自殺了。一等把頭髮剃光，但即便下定決心，也無法專心念書。他開始煩惱怎麼做才能沒有痛苦地死掉。他同事是透過網路聊天購買毒藥，吃了以後在極度的痛苦中死去。十隻手指甲外翻，不知道有多掙扎，腳指頭和肋骨碎裂，地面上鋪貼的地板紙無法再使用。沒有人聽見他悲鳴，當時套房大樓裡空無一人。

—「這話不要說比較好，對誰都別說。」

她看起來很慌張。

「但是，一半是你寫的對吧？」

李起同停頓一會兒才回答：

「爸爸寫的部分，我也修改過，有很多錯字。」

「好，那就行了。」

她的表情看起來一點都不放心。他打算說出準備好的話，心裡想著時機超差，一定會遭到拒絕。

「有想過和我交往嗎？」

她安靜看著他的臉。閉上因驚訝而微張的嘴巴，最後才說：

「已經這麼熟，有必要交往嗎？」

「所以呢？」

她猶豫了。

「結婚吧。」

他最後這麼說。她咯咯笑起來，笑聲卻隨即消失，臉頰開始泛紅，從額頭到脖子一片通紅。

他們想省略婚禮，她媽媽嚎啕大哭，他媽媽一邊摸著桌巾一邊說，你們想怎樣就怎樣吧。雙方媽媽在相見禮[18]中點了啤酒，兩人一起乾掉六瓶後，她媽媽問他媽媽：

「您抽菸嗎？」

---

18 指雙方家長同意婚事後，聚在一起正式討論婚禮相關事宜。

「沒有，我不抽。」

「我也是。」

他媽媽明白這個問題的用意，那是關於如何排遣寂寞的提問。換言之，她們感受到同志情誼，沒有丈夫獨自把孩子拉拔長大。他媽媽說：

「也好，反正我們兩人旁邊的位子都是空的[19]，不喜歡這樣。」

她媽媽聽了驚訝地說：

「天啊！我本來還想拜託我大哥。」

「我很久以前就和兄弟姊妹斷絕往來。」

他媽媽嘆一口氣，她媽媽又加點一瓶啤酒。

相見禮很成功。

—凱吉在創作舞蹈音樂時，確切感受到打擊樂的偉大。對他來說，打擊樂器的聲音不是聽覺，而是變得極度敏感的觸覺所感知的聲音。打擊樂器所刺激的不是聽眾的耳朵，而是皮膚，促進血液快速流動，噴發的能量彷彿能夠讓整個身體躍升到空中。

然而，打擊樂器能夠發出繽紛聲音的可能性被埋沒了。他拾起掉落在地上的橡皮擦放在琴弦中間，牆上搖搖欲墜的螺絲釘也拔出來，放在琴弦中間試試看。接著開始彈奏鋼琴，出乎意料地聲音還不錯。過一段時間，習慣低沉的聲音後，不只是不錯的程度，而是非常優異。對他來說，優異的標準只有一個——新穎，就是這樣吧？按壓琴鍵時發出打擊樂器的聲音，分明是前所未有的事。

人們稱之為預置鋼琴[20]。

---

19 這裡意指在婚禮上，兩家父母分別坐在雙方的父母席位上，進行儀式。

20 預置鋼琴又名加料鋼琴，是在琴弦上放置各式各樣的物品，影響琴弦振動而發出不同的聲響。

7

——蜜月旅行出發前，他媽媽對媳婦說：

「不必擔心嫁來後的生活，你很忙，我都知道。只是，寫小說這種事有多辛苦你知道吧？會好好幫他吧？」

「是，我知道，婆婆請別擔心。」

她雖然帶著笑容這麼回答，卻完全不知道寫小說到底哪裡辛苦，似乎也沒必要知道。即使如此，這不是會在她們之間引起婆媳糾紛的事。他媽媽至此才對自己的人生感到滿意，包紫菜飯捲時總是一臉滿足，對客人也更親切。

他們出發到西邊末端蜜月旅行。他將新春文藝的獎金全部用在蜜月旅行，但一點都不覺得可惜。

飛機航行十八小時後，他和妻子在葡萄牙的雅緻旅館共度五月最後一天的夜晚。電暖器散發溫暖的熱氣，玻璃窗上凝結著水氣，外面的街道很安靜。他把褐色毛毯直拉到脖子下，有一種處在世界最寧靜之地的感受。曾經被他稱為無期囚的妻子，發出小小的打鼾聲。他覺得已逝的過去像一場夢，即將展開的未來彷若前生。似曾相識的既視感向他襲來。

她看見信眾在法蒂瑪聖母堂跪步膝行，對他說：

「在想什麼？」

過了好一會兒他才回答：

「在想應該寫進小說裡。」

「你看那邊那個小女孩，真的很漂亮。到底犯了什麼罪，要那樣膝行參拜求赦免呢？」

「還好有戴護膝套。」

「大家都有。」

蠟燭香氣瀰漫，他們吸吸鼻子，離開那裡。聖母堂的廣場很寬敞，天空荒涼，塔樓散發陰冷的氣息。

從聖母堂走回旅館的路上，有一間小麵包店，他們拿著夾子和托盤挑選麵包。他看著一種裹上堅果的小餅乾，猶豫不決，女店主馬上熱情地對他說一大串話，用葡萄牙語。女店主在說什麼，他們完全聽不懂，然而卻同時理解了。完全沒必要猶豫，這是賣得最好的餅乾，很好吃，可以掛保證。他笑著點點頭，夾起餅乾放入托盤裡。接著，女店主面帶鼓勵的表情，再次用葡萄牙語簡短說了幾句。這次他們仍聽不懂說什麼，同樣又同時理解了。意思是他做了非常棒的選擇。

—凱吉現在已經確信自己該走的路。那些參加他預置鋼琴演奏會的朋友們，也都有相同的想法。

「凱吉從現在開始要大展身手。」

「曾經懷疑凱吉沒本事的我太愚昧。」

「凱吉以後將以取笑我們為樂過日子了。」

他躺在床上想像這一類反應，獨自微笑。一天中極短的時間，一分十二秒左右，他以這類想像為樂。

然而，當時仍是一九三八年，和他相比，他所身處的時代還落後一大截。福特和林白得到納粹勳章，他們貶低猶太人的言行受到希特勒青睞。林白在長子遇害身亡後生活一團混亂，福特非常厭惡工廠勞工組織裡的那些猶太人帶頭者。

—對人類來說，語言是傳達訊息的媒介，當人們無法輕易理解所讀到的文字，必然會先對作者的人格產生懷疑。如果是因為這樣的理由，自己寫的東西才得不到矚目也就不冤枉了。李起同覺得冤枉，現實中非常冤枉。想像中不是這樣子的，沒有任何地方來邀稿這件事，似乎印證他是和時代不合的天才。然而，現實中他是和時代不合的庸才，也許是時代不理會的蠢才也說不定，或許這才是正解。他躺在床上對妻子說：

「如果是和時代不合的天才，會活得很辛苦吧。我會把自己想成和時代不合的蠢才，這樣對精神健康比較好。」

妻子和他所預想的不一樣，毫無笑意。臉上的妝卸了一半，轉過頭來說：

「如果我覺得你是蠢才，才不會跟你結婚。」

「說謊。」

她非常短暫地想了一下說：

「也是，或許如果夠熟，不管是誰都無所謂吧。」

他們腦中浮現同一個人，一等，消失在新林的一等。他和她都連絡不上。

—他隨身帶著格線筆記本寫東西，躺在床上、飯吃一吃、電視看一看都寫。妻子不必加班，很早就回到家，喜歡在寫作的丈夫身邊走來晃去。他們家不開伙，她對料理毫無興趣。他們蒐集三十張優惠券，換到一盤糖醋肉，她很開心。他沒賺任何一毛錢這件事，到目前為止尚未造成任何問題。

—葛瑞絲在凱吉舉辦預置鋼琴演奏會的第二年，完成第一本小說。她把稿件寄給美國幾間主要的出版社，卻只收到一堆拒絕信。她認為一切都是因為戰爭，有時候一整天都在怪罪戰爭。在她想法中，她的小說充滿平和，正和戰爭相反，而且也沒有任何戲劇性事件。在始料未及的珍珠港恐怖攻擊混亂時，她的小說描述一位天才受到世人讚譽，結果卻在精神病院度過餘生，以及一個庸才徹底受到世人鄙視，最後卻能自我救贖的故事，就算再怎麼好看都顯得很平淡無味。若是談談犯下戰爭這種駭人罪行的人類救贖，會更為實用。當她想把稿件燒掉時，凱吉發現了。對眼淚奪眶而出的她，凱吉不僅沒有給予安慰，反而批評：

「你想要的是出名嗎？長時間執著寫小說，只為了出名？」

「凱吉，別說了。我現在心情很不好，沒看到我在哭嗎？」

「寄給別的出版社試試看，一定會有一間看得懂。」

「什麼？是說我寫得很糟嗎？」

「葛瑞絲，你知道你最近變得很偏激嗎？」

「不是在戰爭嗎，凱吉！當然會這樣。」

「連你也想發狂嗎？我們不能那樣。別哭了，來聽聽看我昨天遇到誰。」

她仍然把頭埋在沙發裡，他毫不介意地說：

「馬克斯，是馬克斯．恩斯特啊！」

「我不知道他是誰，真該死。」

他看著她，眼神充滿責難。雖然一閃即逝，他想她的作品之所以被拒絕的真正原因，難道不是因為她竟然無知到連恩斯特是誰都不知道？當然，他沒說出來，死在老婆手上之前，他還有很多事想做。

「就算在巴黎的超現實主義者中，他也是數一數二，在美國同樣很出名。還記得幾年前我們看過的超現實主義展示會嗎？在美國首次舉辦的那一場，應該是我們在亞曼達家的時候吧？」

「想起來了。這裡也有他的作品嗎？」

她聲音沙啞地問，在沙發上坐直。他不知不覺間反覆摺疊手中的稿紙，她瞪著他看，但他沒察覺。

「有他的拼貼畫。他邀請我們去紐約，不論什麼時候去，他都會幫我們準備住的地方。所以，我們去紐約吧，你需要轉換心情，這個稿子也重新改改。」

他這時才注意到稿紙被摺疊了一大半，趕緊把稿紙展開說：

「我們去紐約吧。」

——李起同這麼想著，因為他不是能自我安慰、自我陶醉、相信自己、信而不疑、不在意他人眼光、不蔑視自己、不趴下、不躺平、沒有眼淚的人，無法全然相信自己寫下的文字。所以，他大部分的文章都無法完成，即使已經寫完，他仍判定是未完成之作。

妻子從來沒要求看他的文章。她雖然想過丈夫整天關在家裡足不出戶，可能在寫什麼長篇鉅作，卻不覺得有必要看一看。一直到丈夫吐露失落的心情前，她連看的想法都沒有。

「你似乎對我的小說，連眼屎大的關心都沒有。」

「才不是。」

她趕緊要求拿給她看，他把剛列印出的小說拿過來。她連小拇指指甲都修剪好，才拿起稿子從書名開始看起。「太陽上的惡魔」，光是書名就讓人興致大減。她藏起不滿意的心情，開始往下讀。就好像坐上肚子痛的司機開的公車，文字像風景般快速掠過，咻、咻、咻、咻、咻、咻、咻、咻，翻了八章後文字結束。她看著丈夫，神情茫然。

「如何？」

「你問我如何？」

她拿著稿件問：

「書名為什麼是太陽上的惡魔？既沒出現太陽，也沒出現惡魔耶。」

「沒出現就不能作為書名嗎？」
「到底為什麼一定要這麼寫呢？」
他正要回答，妻子卻搶先說：
「啊，我好像明白為什麼要這樣寫了，你不說也可以。」
妻子說完就脫下襪子，從右腳的大拇指開始剪指甲。他把稿子丟在一旁，躺在地板上。不知是否因為燈光太刺眼，眼淚流了下來。眼睛突然感到刺痛，把眼角的異物拿下來一看，是妻子的腳指甲碎片。他的臉一定被刮傷了。

—踏入文壇後，他只發表了一篇小說，而且篇幅非常短，是十頁稿紙以內的極短篇小說。邀稿信開頭寫著希望是「任何人都可以享受閱讀樂趣的小說」，他牢牢記住這句話。要讓任何人都可以享受閱讀樂趣，必須盡可能排除艱澀詞語，人物必須讓大家都能產生共鳴，最重要的，不能有讓人頭疼的內容。費心苦思後，他寫了一個男人被關在廁所裡的故事。
男子因為肚子痛，緊急跑入公共廁所，後來才發現廁間沒有衛生紙。有潔癖的他，完全沒想到用垃圾桶裡別人用過後丟棄的衛生紙，或是用自己的襪子應急，只是不斷向進入廁所的人求助。但是，沒有任何人幫他。分明聽見有人進來的腳步聲，但是不管他怎麼呼叫，對方都只是上完廁所就走人。男子在廁間待了一個小時，終於撥打一一九電話求救，對方卻誤以為是惡作劇，斥責一番後結束通話。男子陷入苦思，他沒有戀人，也沒有可以在平日大白天從公司早退幫他送衛生紙的朋友。他就這樣脫著褲子坐在馬桶上，最後才打電話給爸爸。爸爸兩年前開始獨居，是非常木訥寡言的人。果不其然，即使他在電話中說他因為沒有衛生紙被關在廁所裡，爸爸還是沉默了好一會兒。就在他懷疑電話已經被掛掉之際，爸爸開始大笑。呀—呀—現在你知道我上週吃了多少苦頭吧？他問那是什麼意思，爸爸是這麼說的：在廁所裡拉屎後才發現沒有衛生紙，而且身處即使大叫也沒有人會幫他拿衛生紙，荒涼的屋子角落。他以鴨鵝八字步一直走到堆放雜物的倉庫，才發現衛生紙剛好都用完了。於是他問爸爸後來如何處理，爸爸收起笑意正經地說，反正是穿很久的內褲，該丟了。他悲壯地往下看自己的內褲，還很新。最後他脫下襪子，兩隻都脫。他在洗手台洗手時，想著是不是應該去和爸爸一起住，但只想了一下下。

李起同的妻子說，這樣的小說雖然「任何人」都可以讀，卻完全不符合「享受閱讀樂趣」這個標準。他比較雜誌上刊登的小說和自己的小說，得出的結論是，他的小說在「任何人」這個標準上只有他本人符合，至於「享受閱讀樂趣」無法滿足任何人。無論如何，稿費五萬圓匯入他的帳戶，那是他的最後一筆收入。

—李起同苦思後對妻子說，在家裡什麼都寫不出來。

「那麼要去哪裡寫？」

「我們家前面的讀書室如何呢？」

妻子同意了，然後和他一起走上沒有電梯、位於三樓的讀書室，付了一個月的租金[21]。他拿著筆電在角落的位子坐下。妻子特別強調要給好位子，管理員遵守承諾給了最安靜的位子。管理員知道他是小說家，加入會員時必須填寫簡單的個人資料，他在職業欄寫了小說家，當時妻子就在旁邊看著，他沒辦法亂寫。然而，有一件事管理員沒料到。他沒想到小說家用筆電而不是用筆寫作，也沒想到其他會員那麼討厭鍵盤聲。一名穿著制服的男學生，一臉憤怒轉頭對他大吼：

「大叔！請別再上網聊天了！」

他兩天後就被驅逐，管理員很抱歉地說：

「老闆說沒辦法退費，對不起。」

他當然相當憤怒。

「到底為什麼？」

————

[21] 私人讀書室一般是先加入會員，以月爲單位付費使用。

管理員遞給他入會時曾經出示的說明書，同時指著遵守事項第一條：

「會員絕對不能做出會發出聲音的行動，是根據這一條，這裡的說明中也有。」

「要寫作的話必須有筆電。」

「有靜音鍵盤。」

「那麼，我會換成那種的。」

「對不起。同一個房間的學生都在抱怨，請您退出。」

他把筆電夾在腋下，從沒有電梯的三樓走到一樓。就這麼被攆出來雖然很不甘心，但似乎要把老婆帶來才能解決問題。最後，還是他老婆出面：

「那麼，把這個人沒使用的天數轉讓給我。如果這樣也不行的話，我要向消費者保護協會申訴。」

管理員答應了。後來老婆每天傍晚都到讀書室，不多不少去了二十八天。他不知道老婆去那裡做什麼，曾經問過卻沒得到答案。

凱吉夫婦一走進客廳就感覺到一股涼意，和他們所期待的差很多。握手迎接他的恩斯特，表情並不開朗，佩姬．古根漢果然也像冰冷的雕像，冷眼看著他們。凱吉這時才發現自己欣然接受恩斯特邀請，真像個傻瓜。然而了解後才發現，另有原因。

恩斯特為妻子籌辦的超現實主義畫展尋找無名畫家，結果找到了自己的新伴侶。恩斯特已經做了選擇，要和他共度餘生的人不是佩姬，而是多蘿西婭·坦寧。恩斯特說：

「難得邀請你們來，卻是這種狀況，很抱歉。」

「當然沒想到會變成這樣，沒關係。」

「半個月前來的話就完全不一樣，當時我只愛佩姬一個人。」

「啊，當然，可以理解。」

凱吉這麼回答，話聲中感覺不到任何真心。

他們兩人躺在床上，針對恩斯特夫婦的未來聊了好一陣。兩人緊緊握著手，葛瑞絲說：

「會不會有一天，你也說愛上了其他音樂家？」

「不會，我像我爸，一輩子只認一個女人。」

「那麼，會有一天我愛上其他小說家嗎？」

「你媽媽是怎樣呢？」

出乎意料地，她沒回答，只把身體轉向側邊說：

「睡覺吧。」

—中秋節連休第一天，他們去李起同的媽媽家。妻子陪婆婆玩花牌[22]，他躺在沙發上看中秋特選電影，他從以前就絲毫感受不到玩花牌的樂趣。

中秋節連休第二天，他們去李起同的丈母娘家。丈母娘說想和他玩花牌，他假裝很熱愛花牌。妻子在沙發上睡著，發出打呼聲。

中秋節連休第三天，李起同的媽媽打電話到親家母家裡。她媽媽去了他媽媽家，帶著四瓶燒酒和其他東西。他媽媽把啤酒和雜菜放上餐桌，她們兩人都不喜歡喝酒配燉排骨或煎餅。他媽媽把燒酒和啤酒混在一起，兩人一起乾杯。有線電視頻道連續播放大眾歌謠，他媽媽聊一路走來的人生，她媽媽果然也傾訴同樣的話題，彼此真的很相似，兩人都沒享受到老公福。

中秋節連休第四天，她媽媽打電話給女兒，問要不要和女婿一起過去玩。

李起同和妻子一起去丈母娘也在的媽媽家。兩人像姊妹一樣穿著類似的衣服，後來才知道那是他媽媽的衣服。丈母娘這麼說：

「原本沒想過夜，沒有公車了，親家母叫我睡一晚再走。」

她趁婆婆走開的空檔，降低音量對媽媽說：

「原本親家之間不是不親的嗎？」

「不親啊。」

「那媽媽為什麼要這樣？」

「媽媽沒有朋友，你婆婆也說沒有朋友，我們像朋友一樣相處很奇怪嗎？」

「很奇怪，你原本不是這樣的人呀。」

「原本就是這樣的人。現在你出嫁了，我身邊還有誰？沒有人。何況你婆婆和我一樣，誰都沒有。」

夫妻倆彼此相望，很奇怪的談話，女兒和女婿就這麼在眼前並排坐著。她說：

「以後還是不要來這裡，我覺得不自在。」

「不舒服？」

她媽媽沉默地看著女兒，接著伸出雙手摸女兒的臉頰，她嫌惡地躲開。丈母娘問女婿：

「對你也這樣嗎？一點都不撒嬌。」

他正在筆電上記錄兩人的對話，這才抬起頭。那陣子他不管去哪裡都偷聽別人講話，然後用筆電記錄下來。很明顯，比他自己創作的好太多了。

「你到底在寫什麼？寫小說？」

「讓您不舒服嗎？」

「也有寫到我嗎？」

「希望寫到您嗎？」

「那麼，我會出現在書裡面？」

「不是書。」

他找不到適當的說詞，猶豫一會兒說：

「不是書，但總有一天會變成書。」

丈母娘噗嗤笑了。

—妻子和朋友在客廳。李起同趴在房間床上，打開筆記本塗寫。妻子的朋友似乎不知道他在家。妻子要他盡可能不要到客廳，他知道意思是要他像死老鼠一樣安靜待著，因此留意不發出聲響。然而，他在鬆懈的一刻發出一聲響屁。妻子的朋友一定有神經過敏症，馬上就問是什麼聲音。妻子僵硬地回道：

「房間傳來的聲音。」

「房間裡有人在？」

「老公。」

「天呀，真的？都沒打招呼。」

「不必打招呼，他就像壁櫥，整天待在家裡不出門。」

妻子的朋友大聲笑出來，接著問：

「作家老公和一般老公不一樣吧？更體貼？」

他等了很久，沒聽到妻子回答。

他闔上筆記本，打開房門走出來，看見兩個女人，他的妻子和朋友，在客廳兼廚房的餐桌前相對而坐。妻子的朋友容貌看起來比實際年齡小，妻子看起來就是那個年紀的模樣。他和妻子的朋友打招呼，然後走進廁所裡，照了一會兒鏡子，一再確認自己的邋遢模樣，無緣無故洗了手才走出廁所。妻子的朋友什麼話都沒說，臉上還是尷尬的微笑。他像個不速之客低頭走進房間，房門一關上就聽到兩個女人重啟對話，只是音量大幅降低，聽不清楚說些什麼。

妻子的朋友離開後，李起同躺在客廳沙發上，盯著妻子看。妻子裝沒事一樣看著電視畫面。

「我很丟臉嗎？」

「沒有。」

「那麼，為什麼假裝我不在？」

「哪有?幫我抓一下背，好癢。」

他溫馴地幫妻子抓背，窸窸窸。

「好舒服，你很會抓背，比孝子手好多了。」

「是嗎?」

他更誠心誠意地為妻子抓背。

「今天晚餐要點什麼吃?」

妻子沒回答，好一會兒才說:

「從現在開始要減少吃外送，你來做晚餐。」

他無可反駁，從沙發起身，然後打開冰箱，裡面空蕩蕩的。打開儲藏櫃，還有五包泡麵，煮了三包泡麵端上桌。家裡的泡菜也吃完了，他去便利商店買小包裝泡菜回來。妻子什麼話都沒說，安靜吃泡麵，麵湯幾乎沒喝。

「沒啥胃口。」

妻子接著說:

「以後你也做點家事吧。聽說恩惠的老公下班回家會幫忙準備晚餐，也會洗碗。」

「他是做什麼的?」

「公務員。」
「你說過恩惠也是公務員吧？」
「嗯。」
「大家都是公務員啊。」
「不是大家，只有我們是公務員。」
妻子突然畫下的界線，讓他動彈不得。有沒有什麼地方是大家都是作家的？
「知道了，我會做晚餐。」
「好。」
「也會洗碗。」
「好。」
「還有其他要做的嗎？」
「洗衣服、打掃、丟垃圾。」
「知道了。」
他過一會兒才加一句：
「對不起。」

妻子彷彿沒聽到，什麼話都沒說。

「喂！」

妻子抬起頭。

「我說對不起。」

「現在不叫我姊姊了嗎？」

「懷念那個時候嗎？」

「沒有。」

「我很懷念。」

「是嗎？為什麼？」

他沒回答。把碗盤拿到洗碗台，開始清洗。妻子逐漸失去魅力，曾經像螺絲鬆脫少根筋的女人，現在所有螺絲都拴緊了，一板一眼地行動。是什麼呢？那些所有人都在做的事。他猶豫著說還是不說，結果還是說出口。妻子看著他說：

「結婚是兒戲嗎？是玩笑嗎？」

他低著頭，只是洗碗。

這種事應該說是末日，還是噩夢境地；狀況會越來越壞，或者只是因朋友造訪而突然引發的災難，他也說不準，倒是清楚知道再也不能像固定式壁櫥一樣生活。必須要節省開銷，即使像個流浪漢餓著肚子在街上遊蕩，心裡充滿憾恨，現在也必須走出家門。他腦中浮現這樣的想法，只是，偏偏現在是冬天。

—摩斯．康寧漢歡喜迎接凱吉夫婦。康寧漢的公寓沒有客房也不寬敞，但客廳沙發足以讓兩個人一起睡，非常地寬大。康寧漢請他們喝威士忌，凱吉謝絕，葛瑞絲瞬間就喝了兩杯。

「你是我們的救世主，還以為我們必須回洛杉磯了。」

「凱吉才是我的救世主，他每次都能讓我僵固的想法變得與眾不同。」

凱吉什麼話都沒說，因為是事實，沒必要多言。

第二天一大早，睡在沙發上的他被人用力搖醒，滿臉驚恐站起身，睡夢中的葛瑞絲嘟囔抱怨。

康寧漢丟給他一件薄外套說：

「一起跑吧。」

「跑什麼，去哪裡？」

他雖然完全無法理解為什麼一大早就要跑步，還是穿上康寧漢給的外套。兩人走出公寓大樓，康寧漢沒暖身就開始慢跑，他糊裡糊塗地跟在後面。康寧漢每天早上跑七公里，凱吉這輩子從來沒想過要慢跑，他字典中沒有需要奔跑的事情，只有事故或意外才需要。

他跑了一公里就覺得快要喘不過氣，康寧漢對他說：

「感覺得到心臟的跳動吧？你把手抬高放在這裡感覺看看。」

他已經處於無法區分手和腳的程度，只能照吩咐去做。還遠不及一半路程，他就覺得彷彿面臨要和世界訣別的時刻。葛瑞絲知道嗎？如果她知道的話，一定會阻止。康寧漢先生，請你自己去跑，我老公的心臟不是你的，而是我的。他這麼想著同時把手放在胸口，其實就算沒那麼做，心臟的躍動在整個身體內震盪的聲響，想不聽也辦不到。

「請聽聽那邊的鳥叫聲。」

康寧漢手指著樹木跑過去，凱吉往那邊看去，卻沒看見任何鳥。

「不是那邊，是這邊。」

朝另一邊看去，果然看見十多隻又小又黑的鳥兒，不知道是什麼鳥。從體型小巧可愛來看，應該是麻雀之類的，卻聽不到鳥鳴。他狂亂的心跳聲，蓋過了所有聲音。

「報攤開張了。」

報攤主人看起來和康寧漢熟識，笑著揮手打招呼，沒對凱吉說什麼。凱吉先打招呼，說聲您好，然而呼吸太急促，沒辦法將話傳達給對方。

「請聞聞麵包香。」

康寧漢沒停下腳步繼續奔跑，在繞過轉角時這麼說。香氣四溢的麵包刺激鼻子，凱吉卻感覺不到飢餓。五臟六腑彷彿翻轉，分不清是上腹還是下腹的疼痛越來越強烈，再跑下去肚子似乎會裂開。凱吉跑步中的手腳動作，看起來很滑稽，咬緊牙關向前跑。康寧漢借給他的老舊運動鞋比他的腳大，雖然已經緊緊綁住鞋帶，跑步時老是向前傾，似乎隨時都會猛然撲地。

「這間書店是全紐約最早開門的書店。」

康寧漢仍然沒減速，一邊跑一邊說。凱吉遠遠落在後面，他幾乎是用吼的。書店主人看著他們，雖然相互問候早安，凱吉在那時開始覺得天旋地轉。書店捲門嘩啦啦向上捲的聲音傳來，凱吉經過書店時，臉頰瘦削的眼鏡男說：

「竟然向玻璃丟石頭，真不懂為什麼有人會討厭書。」

凱吉以微笑代替回答，但應該完全看不出來笑意。不只是書，他討厭所有的一切，包括遠遠跑在前方的康寧漢、書店主人、街道，發出啪嗒聲的運動鞋，還有在進行據說是慢跑運動的自己。

「暫時進去一下？」

康寧漢在慢跑途中出乎意料地走進咖啡店，站在吧台前點了一杯義式濃縮咖啡，等候時雙腳在原地不停踩踏。凱吉的上半身癱倒在吧台上，終於到了！康寧漢卻在他抵達時立即開跑，凱吉出聲咒罵。這樣的場面咖啡店老闆應該看過不只一兩次，一邊笑一邊戲謔地對他說：

「看起來是在康寧漢家過夜吧？」

「對，你怎麼……算了，有人有同樣遭遇吧？」

「每天一大早都這樣，現在幾乎沒人要求在他家過夜了，好久不見呢。」

凱吉這一次也回以似笑非笑的笑容，點了一杯柳橙汁，喝完後要求記在康寧漢帳下，再次開始跑步。

康寧漢終於在一個幽靜公園的入口停住，他不再跑步，開始慢慢地散步。凱吉仍然臉色鐵青，還沒恢復到正常狀態。康寧漢說：

「真的很期待和你合作，一想到就讓我全身充滿力量。如何？一大早跑步真的很好吧？你有感覺到全身都被喚醒嗎？初次見面時，我就看出你有點駝背。看來一直過著與跑步無緣的生活啊，這樣生活很不好，明天也叫葛瑞絲一起跑吧。」

「葛瑞絲啊……」

仍然氣喘吁吁的凱吉說：

「拜託請放過我老婆。」

康寧漢大聲狂笑。

——對了，有圖書館。距離他家二十五分鐘路程就有一間圖書館。仔細回想，已經很久沒看小說。文壇出道來到第三年，完全沒有所謂「作家」的真實感受，對於自己到底是誰的苦惱與日俱增。我是誰，作家嗎？但沒收到任何邀稿，也沒出書。我是誰，丈夫嗎？但沒賺錢養家，感覺上老婆後悔結婚。兒子嗎？但一次都沒給過媽媽孝親費，反而是媽媽給零用錢的狀況。我是誰，國民嗎？但一次都沒繳過稅，除非國家能為困頓的藝術家做些什麼，否則我也不想為國家做任何事。他將這些苦惱寫在筆記本裡，總有一天這些集合起來可以成為小說吧，要不然就什麼都不是，就和他一樣。

圖書館的週間白天，和聽說的一樣擠滿年輕人，老人家也不少。他們拿一大疊小說或自我成長書閱讀，主要是推理小說或歷史小說。他拿了歷年文學獎得獎作品，依照順序讀完。有些小說令他讚嘆，也有小說令他感到乏味。風格雖然多樣，但都明快俐落，每個作品都有明確的特性。他趴在桌上，突然間感到頭痛。

一到樓下的小賣場，濃厚的炸豬排香味撲鼻而來。他在空桌子坐下，環顧四周。牆上貼著吃便當的客人請坐在內側座位的告示，他們表情陰沉，打開小巧的便當蓋默默吃飯。他觀察拿著托盤經過的點餐客人，原來最多人點家常套餐啊，接著是炸豬排，口水老是流出來。妻子原本就沒給過他零用錢之類的，感覺上似乎從沒想過有那個必要。取而代之的是，妻子平常主要使用信用卡，有紙鈔或零錢就放入草莓果醬空罐裡，任他取用。但是，那個罐子一星期前就空無一物。

離開餐廳，往建築物後面走去。那裡有台自動販賣機和四張長椅，圍牆另一邊是中學校。他在圍牆附近坐下，看著運動場上奔跑的男學生，以及三三兩兩聚在一起的女學生。回想起自己的學生時期，是場噩夢。刺骨的寒風吹過來，他吸了吸鼻子，手指頭凍僵。他身上的外套不適合這個季節，妻子從來沒買過衣服給他，倒是每個月都為自己添新衣。沒什麼可說的，畢竟是她賺的錢。他下定決心，如果有邀稿並收到稿費，一定要買一件羽絨外套。但是，到底會是什麼時候？

走進預約好的電腦室，打開檔案資料，好一陣子只坐著發呆，然後才進入就業網站，剛填完一份履歷就聽到提醒即將閉館的音樂聲。

—中年婦女通知資料審查通過了，需要過去面試。李起同穿上新春文藝頒獎典禮時穿過的黑色西裝，去了驛三站。辦公室在老舊建築七樓的角落，面試官一看到他就說，本人和照片也差太多了吧。和當時相比胖了很多，差不多十公斤左右吧。聽他這麼一說，面試官皺起眉頭。面試官是老闆，中年婦女是祕書，也是唯一的職員，像螃蟹一樣在電腦螢幕後面趴著，不知道在做什麼，安靜無聲。老闆沉默不語，牆壁上的時鐘秒針聽起來很大聲。

「明確知道要做什麼事才來的吧？」

「知道是做代筆。」

老闆敲打他的履歷表說：

「經歷不太夠，也沒出過書。」

他一直看著桌角，老闆接著說：

「即使如此，因為是應徵者當中唯一新春文藝出身的，所以才叫你來。稿費偏低沒關係吧？」

「沒關係。」

「就算做久了也不會加，這一行很沒行情。」

老闆冷笑示意絕對不可能。他當場就被錄用。當然沒必要上班，稿件用電子郵件寄送，採訪在客戶指定的場所進行，飲料費由客戶支付，但交通費要自己出。後來才知道，祕書是老闆娘。

妻子聽他說已經找到工作時目瞪口呆。他心裡想著，就是為了這個表情才去做這個工作，就是為了看到這個表情。

—和客戶約定的見面地點是仁川登陸作戰紀念館，那裡免費參觀。過了立春，強烈寒流來襲的某一天，李起同跑上紀念館的階梯，快要遲到了，他看到「忠烈之地，請肅靜」告示才放輕腳步。

委託人站在紀念館入口。兩人握手、禮貌性問候、聊幾句關於天氣的話，就沒有其他話題。委託人說，那麼我們先進去吧。

他對委託人的來歷幾乎一無所知。老闆娘寄給他的文件檔案有問題，打不開，請求再寄一次，結果還是一樣。他原本想要求再寄一次，擔心因此丟掉工作所以作罷。往來後已知道，老闆娘是那種性急又不聽別人說話的人。委託人是老闆娘的遠親，由於萬國博覽會場址特許，土地價格高漲，曾經一夕暴富。

「搬來仁川後，我幾乎每天都來這裡。坐在銅像前面的階梯上，看向港口的方向，風景很好，壓力一下子全都消除了。」

他接著指向韓半島地圖說：

「看看這裡，北韓是這麼往下攻，除了浦項、大邱、釜山之外，其他地方都赤化了。然後聯合軍來了，看看這個，一路反攻到鴨綠江邊，統一近在咫尺。然後再看這個，因為毛澤東又再次往下推進，到了三十八度線，三十八度線。」

他心裡想著，委託人似乎想以自己和韓戰的關係展開自傳，結果卻是一九五八年生的，韓戰時還沒出生。從委託人的穿著打扮完全猜不出是做什麼的，一身皺巴巴的西式服裝。

「年輕時在美軍基地附近當服務生，東豆川市，從那裡展開故事應該不錯。」

他趕忙啟動錄音機。

「您喜歡美國這國家呀。」

委託人瞪大眼睛說：

「我嗎？當然不喜歡，在那裡被打得可慘了，被美軍。當時受的傷，到現在還是只要一下雨，腰就痠痲疼痛。」

他沉默好一會兒，還是覺得很奇怪，因此問道：

「那麼，為什麼經常來這個紀念館？」

「風景好啊，我剛才不是說過了。」

委託人語氣不耐煩地回答，突然又閉上嘴巴，光看展示品，展示館裡一個人都沒有。

「也有從盧森堡來的，死了兩個人。」

他看著依照聯軍國家別而整理的圖表，點了點頭。委託人過著什麼樣的生活，為什麼決定要寫自傳，他毫無頭緒。走出紀念館，委託人說：

「但是，為何不問我為什麼要寫自傳？」

「為什麼要寫自傳呢？」

「有位老師在推行一人一書運動，那一位說誰都能寫書、誰都可以出書的時代來了，能夠輕易寫書、輕易出書。但是，我沒寫過文章，你來寫、我來改，應該可以行得通。」

「啊？」

他驚慌之餘，聲音也像丟了魂似的。要他寫文稿，委託人修改。雙方的立場似乎對調，但所謂的自傳代筆可能不得不如此，必須要接受檢驗。但是，他曾經依照別人的喜好，寫過文章嗎？

「去吃午餐吧，話說多了，肚子很餓。」

午餐費由委託人買單。委託人開賓士車載著他，到了新浦市場附近。

「這裡有一百年的歷史，這裡寫著以前是大佛賓館，看到了嗎？菜單上面。韓國最早的賓館。」

他環顧大廳，古雅的裝潢、水族館、寬大的木桌。醃蘿蔔、洋蔥、炸醬，光是看到隔壁桌上的基本小菜，就猛吞口水。

「很了不起吧？」

委託人問，他不知道有什麼了不起，因此回道：

「東豆川市雖然好，從這裡開始講起也不錯。」

「什麼？從這裡開始？」

其實，他真正想問的是，從大佛賓館變身為有名的中國料理餐廳，這間有百年歷史的店和委託人之間有什麼相關，但卻說不出口。他現在才領悟到，打從採訪一開始，他就自然而然地配合委託人的喜好。委託人希望的話，就應該那麼做。一九一八年大佛賓館落入中國人手中，變成有名中國料理餐廳的過程，是鐵路京仁線一完工就變成那樣。由於是窄軌鐵路，到首爾京城大約一小時，不，兩小時吧？委託人自言自語，他完全不明白有什麼關聯性。委託人舀起麻婆豆腐蓋飯吃，接著說：

「我爸爸的小老婆是日本女人，我媽媽很怨恨，這個可以成為題材吧？」

委託人彷彿覺得那是給予他的禮物，露出羞澀表情。他再次點了點頭，這些內容可以寫。

他停下正在吃的雞絲麵，打開錄音機。委託人吃完蓋飯，一邊小口小口地喝薄茶，一邊問他的生活狀況。他雜七雜八說父親過世，結了婚，雖然在文壇出道但沒有邀稿，在寫小說但不順利……這麼一來，委託人的目光充滿同情，間或打了飽嗝，然後從口袋中拿出手機，遞給他說：

「那麼，去和我剛才提過的那位老師見一面。在我看來，你似乎把寫書想得太困難。我說呀，那不是那麼了不起的事。這位老師廣泛推行一人一書活動，非常堅定。故鄉好像是馬山還是哪裡，講話很慢，首爾COEX嗎？知道吧，COEX？」

「是在那裡授課嗎？」

「不是，辦公室在那裡。我給你電話號碼，你連絡看看。號碼是……找到了。」

委託人把手機遞給他時說道。他無法拒絕，不知怎地委託人所期望的事似乎都得照辦，他開始儲存號碼，連主人是誰都不知道的號碼。

「名字是？」

「啊，名字？等一下我來看看。我只有存韓老師，叫韓老師就可以了，大家都這麼叫。」

委託人突然說喉嚨痛。原本喉嚨就有點乾，在紀念館裡說了太多話，麻婆豆腐蓋飯又太辣，可能太刺激喉嚨。委託人問他是否有喉糖，聽見他回答沒有，就把車停在公有停車場後下車。他糊裡糊塗跟著下車。委託人遞銀行卡給他說：

「我去喝一瓶雙和湯再回來，你拿卡去買辣醬炸雞，是這裡的名產。」

他一知半解地點頭。

辣醬炸雞店隊伍排得很長，他站在客人相對比較少的店家隊伍後面，吹著冷風等候。才過十分鐘，兩隻腳就凍僵了。擺攤賣海鮮的老奶奶大聲吼叫要他讓開，擋住了啦！他低頭看見冷凍的黃花魚和明太魚。老奶奶像樹根一般的雙手，靠在木炭火爐上取暖。排了二十分鐘才輪到，他提著包裝好的辣醬炸雞一回到車上，委託人隨即發火：

「為什麼這麼久？停車費可不得了。」

他想反駁這是公有停車場，不會超過一千圓，但是忍住了。他把辣醬炸雞遞給委託人，委託人傲慢地揚起下巴，指示他放到後座。他把辣醬炸雞放到後座，隨之坐在旁邊。委託人看著他，紅著臉大吼：

「是坐在那裡叫我出發嗎？把我當成司機嗎？」

他不知道這話是什麼意思，眨了眨眼睛，才遲遲恍然大悟，趕緊走出車外。他剛才坐的位子是車裡的上位，照理說絕對不能坐在高於委託人的位子。委託人滿臉不悅，要求他支付停車費：

「我付了飯錢。」

車子出發了，委託人一邊笑一邊說：

「那個辣醬炸雞你帶走，是禮物，禮物。」

他看著委託人，表情中完全沒有感激之意。

「怎麼了？不喜歡雞肉？」

他遲疑一會兒才回道：

「不是，很喜歡。」

委託人打開廣播，然後把喉糖盒丟給他說：

「幫我開。」

他撕開包裝紙，將喉糖放入委託人口中。委託人用鼻音哼歌，似乎很愉悅。

「突然想到高中時，我們班上有一個會寫點東西、囂張的傢伙。那傢伙終究也死了。」

然而，話只說到這裡沒有後續。他沒問怎麼死的。會寫點東西、囂張的傢伙，這句話在他耳邊盤旋。這時他才想到，委託人的目的可能不是出版自傳，說不定只是「為了折磨代筆者」。

委託人說：

「就算不工作也能過活，很無聊。啊，無聊到快發瘋。我這個老頭，整天都只想著沒有什麼有趣的事嗎？」

委託人一邊這麼說，一邊偷瞄他。

—雖然各種物品都能成為打擊樂器，凱吉最喜歡的仍是鋼琴。當然，他最愛的是在琴弦之間夾入幾樣物品，刻意讓鋼琴發出不同聲音。不這麼做的時候，就隨意用力敲擊鍵盤，既沒有旋律也沒有節奏，老實說就是很刺耳。除了康寧漢和葛瑞絲，幾乎所有人都這麼認為。戰爭結束後，康寧漢和凱吉一起正式公演。康寧漢一開始要凱吉給他完成的樂曲，他配合音樂編舞，過沒多久，比起舞蹈他更重視音樂，要求凱吉即興演奏而他即時編舞。康寧漢有幾次很害羞地在同事面前展示，卻沒有任何人理解。葛瑞絲對灰心的康寧漢說：

「我絕對不會把我的小說拿給朋友們看。」

康寧漢心裡想這種話能夠成為安慰嗎？卻沒表露出來，只是繼續慢跑。萬一他不當舞蹈家，或許能夠成為跑步選手也說不定。他可以跑得比任何人都快，不在意速度的話可以跑很久而不疲倦。在奔跑期間，跳舞的不是他，而是風景。

即使在康寧漢陷入絕望之際，凱吉仍然獨自興奮，和康寧漢的合作令他感到非常滿足，因為每個瞬間都是實驗的延續，讓他這個天生「發明家」的每一天都彌足珍貴。康寧漢在練習室中央或角落裡挺直站立，採取準備姿勢時，他的心臟跳得最厲害。第一個音符響起，康寧漢睜大眼睛，接下來的音符會有多大聲、多長、何時發出，完全無法預測，因此更添緊張。凱吉彈奏第二個音符，這時康寧漢的身體才開始動作，就像充滿警戒心的貓咪一樣小心。接著凱吉想要看到更活躍的動作，接連地彈奏出聲音，乘著渾厚且低沉的音樂，康寧漢這時才放寬心起舞。下一刻卻突然停住，像死去的烏鴉一般一動也不動。這麼一來換凱吉緊張了，他想知道康寧漢是什麼用意，是在表現絕望之人，還是陷入沉思之人，或者不是人，而是路燈、汽車輪胎，要不然就是野豬或禽獸。這些猜測毫無助益，只是讓他變得更好奇。在這瞬間後，康寧漢就只是康寧漢，他現在用全身所表現的究竟是什麼，一點都不重要，重要的是過程，不，甚至連過程都不重要，康寧漢就只是康寧漢。來到這裡的凱吉果然也只是凱吉，手指是凱吉的手指，聲音是琴槌敲打琴弦的聲音，琴弦結合了橡皮擦和海綿，這些聲音的目的不是為了讓康寧漢跳舞，也不是宣示我們的存在，僅只是在發掘聲音。康寧漢的舞蹈果然也是發掘後的動作，換句話說所有東西原本就在那裡，但沒有人看到，或者沒有要給任何人看，就只是存在而已，他和康寧漢。康寧漢踮起腳尖，展現緊繃的肌肉，背對凱吉一動也不動。康寧漢全身隨著凱吉發掘的聲音擺動，思考自己的脖子、肩膀、腹部、膝蓋和腳尖要呈現什麼模樣，逐步變換動作，卻突然解除全身的緊張，回頭看著凱吉。

「那個，你是不是用我的名字賒帳了？一杯柳橙汁。」

凱吉佯裝演奏還沒結束，彈奏下個音符。康寧漢眉頭緊皺直盯著他看，以表情要求他回答。

—久違的COEX商場。李起同畏畏縮縮走在和地下鐵出口連結的通道上，打扮年輕又時髦的人們從他身旁走過，都是比他年輕或者相同年齡層的人。不知道為什麼所有人臉上都是傻裡傻氣的微笑，他突然間疑惑自己為什麼到這裡來，即使明知是因為和韓老師有約。

和韓老師的通話非常怪異。他說的話韓老師幾乎聽不懂，要不然就是聽懂了但是假裝不懂，老是重覆說過的話、已經問過的問題。他後來懷疑韓老師是酒醉的狀態，卻又想到下午三點會有這種事嗎，於是又搞不清楚了。說不定對某些人來說，下午三點是酩酊大醉最好的時刻。

韓老師立刻就認出他。他雖然在電話中說會戴藍色的棒球帽，卻一直懷疑韓老師根本沒聽進去。韓老師的雙眼皮很深，眨著炯炯有神的眼珠歡迎他。老舊的外套和皺巴巴的皮鞋，手上拿著褪色的公事包，以及一冊不知道是家計簿或是日記的厚重筆記本。乍看之下，就像是把鍾路區某間連鎖咖啡店當作辦公室，進行各種可疑活動的仲介。每當韓老師對他說來得好，並且一直拍他肩膀時，他都有種彷彿加入邪教的心情。

「坐那裡吧。」

韓老師指向的地方是通往電影院通道上擺放的，沒有椅背的巨大椅子。一坐上白色、四角型、硬梆梆的椅子，韓老師就從公事包裡拿出兩瓶維他命飲料。他正好口渴，一接到馬上就打開來喝。韓老師看起來無意去咖啡店之類的地方，表情自在地看著對面的化妝室指示牌，過了一會兒問：

「我聽說你的事了，你想見我？」

他回答只是因為無法違逆委託人的強烈要求才連絡。了解後發現，委託人的人生一帆風順，咸興冷麵店經營了很久，繼承的土地因不動產建地而飛漲，甚至每週買一次的彩券都中大獎，拿去買入地理位置好的建物，轉手後賺了市價差額。昔日的房產大亨、彩券得主、咸興冷麵店老闆，不知道到底該寫什麼，到目前完全沒動筆。委託人主張自己是受老天眷顧的男人，他無法認同。（萬一認同的話，自傳應該沒辦法完成。）

「盧相萬是我的弟子。我說在死之前一定要寫一本書，才僱用你的呀。」

盧相萬正是問題的委託人。韓老師沒看他，只看著前方說話。無數路人從他們面前走過。

「人生在世會經歷各種事情，把那些用文字寫下來，會成為大河小說。不要光說，必須化為行動。即使不會寫文章，真心的力量必然會超越寫作能力，因此沒有必要請代筆作家。」

他覺得尷尬。

「這不是你的問題，而是盧相萬的問題。那傢伙很有錢，所以喜歡用錢使喚別人，喜歡擺布那些為了錢而跟隨他的人。那麼，他為什麼叫你來見我？」

「他認為我把出書這件事想得太沉重。」

「他那麼想嗎？」

韓老師轉頭看著他，在這期間臉頰已經泛紅，張開的口中散發酒氣。他很自然地看向韓老師手上的維他命瓶，看來是給他維他命飲料，而自己喝燒酒，卻偽裝成維他命飲料。他心想這種人能夠給他什麼忠告，突然又想起已經很久沒向任何人吐露心聲，開始絮絮叨叨說了起來。他的絕望感受、妻子的失望，向丈母娘請安時她愛理不理是因為他太無能嗎？韓老師靜靜聆聽，在漫長的訴說中一次都沒打斷他，只是小口啜飲維他命飲料。

「我丈母娘也不喜歡我。我曾經寫過幾首詩送給她，結果和木柴一起被丟進灶爐裡。」

「您親眼看到了？」

「看到了，但是假裝不知道。她後來受到我一人一書活動影響，想在死前為自己的人生留下文字。密密麻麻寫了六張信紙，每一張以十年為單位，第一張是十歲時節，第二張是二十多歲，這種方式。我老婆先看了，哭著拿給我。最後剩下給女婿的話，前女婿，寫給曾經埋怨的女婿，是這樣寫著的。」

「那樣也能變成書嗎？」

「因為只有六張沒辦法成書，我老婆把自己寫的加上去，女兒們寫的也加上，即使如此仍然不夠作成一本書，還計算了需要多少代才足夠。原本只想集合女人的文章，但家裡的男人們也應該寫吧，因為只有女人遺留的文章很奇怪。你是新春文藝出身的，卻告訴你不管是誰都能當作家，本身就前後矛盾，但這種前後矛盾的事還多著呢。」

他問還有什麼。

「聖經。耶穌以聖靈誕生，但這世界上可沒有無父無母的孩子呀，然後死了又復活，這在科學上完全說不通。」

韓老師停了一會兒說：

「事實上，這也不是我說的，是我在東廟一間刀削麵店，從一位大嗓門老人那裡聽來的。」

韓老師逐漸湧上酒勁，開始咯咯笑起來。

「即使當時店裡的其他老人不耐煩地說吵死人了，那個老人似乎聽不懂似地繼續暢談。奇怪的是，他聽起來不像自言自語，但現場卻沒有任何人反駁，完全聽不到這一類回應。我因此轉過頭去，看見一個矮小的老人。站起來一看是個侏儒，身高不到一般人的一半，像個孩子一樣。

沒有耶穌讓那樣的人坐下[23]，復活是不可能的，奇蹟是謊言，這些都是胡言亂語。那個大嗓門的老人家，身體還非常硬朗。」

他想起放在手提包裡的筆記本，焦躁地抖腳，想馬上拿出筆記本記下韓老師說的話，或者按下手機的錄音鍵。他沒有信心能夠記住所有內容，韓老師異常地多話。他說從東廟的刀削麵店回家，經過一間販賣好吃得不得了的甜甜圈店時，遇見一名又黑又瘦的黑人少女，不知怎地眼神彷彿能將他看透，瞬間讓他起了一身雞皮疙瘩。然而，韓老師喝醉了，只是沒完沒了地亂說，如果他走掉了應該也不會發現。

他從椅子上站起來試探，韓老師卻馬上抬頭問他要去哪裡，他指了一下洗手間。他上了廁所、洗好手回來，韓老師已經離開。

委託人問他是否順利見到韓老師，他回答是。奇怪的是，往後委託人再也沒提過韓老師。他又開始寫小說，想起一人一書活動，心情變輕鬆了。他只是參與這項活動而已，絕對不是想寫什麼鉅作，或什麼突破性作品，只是把這輩子看到的事加油添醋寫下來而已。

23 意指耶穌讓門徒坐下，為門徒洗腳，象徵將藉由十字架的救贖洗淨門徒的罪。

為了讚頌人生，想要留下一本書。如果是自傳，那人必得和盧相萬一樣，是天運亨通的人才行，擁有「那時，沒去那個地方的話；那時，沒遇到那個人的話」這類的幸運。然而，如果是詩，這樣的人似乎對人生有一些了解。（說多了只是讓嘴巴疼。）還有，如果是小說，肯定是個抗拒死亡的人，因為若是對不滅沒有憧憬，寫小說就很費力，若是終究會消失的東西，到底為什麼要做那麼費力的事呢？

他老婆發出冷笑說：

「喂，你不知道現在只要在部落格寫日記，就能永遠保留嗎？」

他雖然大受衝擊，但努力佯裝鎮靜。

—接受採訪時，李起同強忍住幾近窒息的不快。記者果然也感到幾近窒息的不快，憑靠鬥志推進，似乎一邊進行一邊勉强苦撐。然而，鬥志必然跟隨著寂靜。每當他和記者之間出現沉默，李起同就覺得自己好像把採訪搞砸了。他在拍照途中，乾嘔起來。

妻子叫喚他：

「喂，拜託睡覺時不要亂說話。」

—李起同撰寫中的小說是自傳式故事。沒掙一毛錢的老公，懷疑公務員妻子和別的男人外遇。始終否認的妻子終於要將那個男子帶回家……

……妻子每個週末都去料理教室。思考要以什麼作為興趣後，選擇了料理課。但是，她料理實力完全沒增長，這是他一開始懷疑的理由，分明是去其他地方，而不是料理教室。從料理教室回來的妻子，手上拿著一束乾燥花，這也觸動他的第六感。妻子在料理教室和那個男人見面，尋找興趣的終點終究是外遇。

「分手吧，現在分手，還可以當作沒發生過。」

他對著洗臉台的鏡子練習，變換各種語調和表情，但沒有一種令他滿意。用冷水洗臉時，留意查看妻子置換的新肥皂，是一塊帶有玫瑰香氣的花朵型香皂，看似手工香皂，可能是那男人送的禮物。他把肥皂丟入馬桶後沖水，肥皂堵住排水口，導致馬桶阻塞，即使用了馬桶吸盤也沒用，依舊卡得死死的。他戴上塑膠手套拉拽肥皂，把邊緣變形的肥皂拉出來。一番折騰後，用水清洗肥皂，雖然表面有些脫落，再次放回原處，並且恢復成看不出來是從災難現場劫後餘生的乾淨狀態。這是一種啟示嗎？或許我們也這樣嗎？他聽見打開玄關門的聲音。

「在打掃廁所嗎？」

他脫下塑膠手套扔在地上說：
「肥皂也是那傢伙給的嗎？」
妻子沒回答，走進房間。他用力打開房門說：
「料理教室別去了。」
「已經邀請週末到家裡來。」
「來我家？」
「是我們家。你見過的話也會喜歡的，個性好又搞笑。」
「見面時揍一頓也可以？」
「隨便你。」
他沒辦法回嘴，是他誤會了嗎？
「知道那個人的夢想是什麼嗎？是漂泊浪人，浪人，他說夢想是漂泊的生活。想要架起蒙古包之類的，在鳥不生蛋的地方生活，很奇特吧？」
「是知道有夫之婦都有這樣的幻想吧？勾搭技術還真差。」
然而，勾搭技術如何不清楚，倒是個長相清秀的美男子。
「我是金寒信。我找了您文壇出道作品來看，還滿有趣的。」

這句話讓他沒骨氣地動搖了。儘管時機不恰當，他還是感到靦腆。

「啊，是這樣啊，哪個部分……」

金寒信馬上回答：

「被鳥屎打到的場面。」

他真的有看。

「你在現實中曾經被鳥屎打到嗎？」

金寒信用叉子捲起義大利麵條問道。

「沒有，一次都沒有。」

「我不久前第一次遇到，烏耳島的海鷗，幾乎有拳頭那麼大。」

「烏耳島嗎？已經很久沒去那裡。」

「是和一個姊姊去的。」

「料理教室在烏耳島嗎？」

他轉過頭看著妻子，雖然是開玩笑的語調，但他的臉和妻子的一樣紅。

「姊姊因為心情不好，想去看夕陽。我女朋友臨時毀約，沒有事做才去的。」

他緊盯著泰然自若說話的金寒信的臉，因為有女朋友，所以可以放心嗎？然而，感覺並不是這樣的用意，也不像故意編造的話。金寒信回去後，他把在廁所裡練習的台詞，原封不動對妻子說。妻子出乎意料地沒反駁不是那種關係。

「有女朋友，那個人。」

「看來是忘記了你也有丈夫。」

「他說無意分手。」

「你呢？」

「我也沒有。」

「那現在到底想怎樣？」

她沒回答，他打破漫長的靜默說：

「兩個人之間只能選一人。」

「辦不到。」

「到底為什麼這樣？我們結婚才不過四年。」

「沒想要跟他走一輩子，你就別管了，他不也說了有女朋友。」

他走出家門，在路燈下徘徊。夜晚的空氣有些寒冷，即使春天即將來臨。回到家後，他問妻子：

「只是逢場作戲嗎？」

妻子拉起被子，直到蓋住額頭。

「可能吧。」

他沉默了一會兒說：

「好，知道了，隨便你。」

她把文稿還給他時問：

「到底為什麼要寫這種故事啊？」

「就是想到。」

「你不是真的起疑心吧？我們班只有一個男生，退休的大叔。」

「我知道，不好看嗎？」

「嗯。」

她毫不遲疑地回答。因此而受傷的他一轉過頭，她接著說：

「試試其他工作如何？可能是一直待在家裡，頭腦不靈活。」

「你說頭腦不靈活嗎？」

「最近有很多有意思的電影，有誰非得花時間看這種故事。外遇題材要有懸疑襯托才有意思。三個人裡面誰死了？」

「沒有。」

「那麼，賜死一個吧。」

「然後呢？」

「當然要找出凶手啊。」

「然後呢？」

她不可置信地問：

「凶手找到就結束了呀，為什麼還需要然後？」

「那樣有什麼意義呢？」

「那麼，有人被殺死，你也不管嗎？」

「沒有人死掉不就得了。」

她神經質地蓋上指甲油瓶蓋說：

「那麼，這個到底有什麼看點？」

過了好一會兒，她在看新聞時自言自語地說：

「沒有一個男人的夢想會是漂泊浪人，已經結婚的很難說，單身的話哪會有那種想法？本來就是自由之身。」

他無法反駁。

他的夢想就是漂泊者，自由自在的個體，不需要被迫寫文章，沒有賺錢的義務感，沒有對父母盡孝道的良心，把這一切全都拋開，在草原上自由遊蕩。荒涼又頹廢，被拋棄的存在。然而，自由自在本身是和大自然最接近的存在。妻子第一次沒嘲笑他，傾聽他說話。她聲音低沉地說：

「我也是。」

他訝異看著妻子，萬一她是真心的，那麼他對她可說一點都不了解啊。奇怪的是，感覺到心動。但是只有短暫的片刻，她開始強調三個人裡面一定要殺死一人。

聽妻子宣導一小時，他站起身時腦海中在架構應該殺誰的計畫。他就像提線木偶一樣，開始按照妻子所望而寫作。

—葛瑞絲的第一本小說終於出版，是康寧漢介紹的出版社。出版社剛成立、規模也小，雖然葛瑞絲付了一筆錢，無論如何，她的第一本小說出版了。

她挽著凱吉的手臂前往書店。正門旁邊櫥窗展示的大部分是暢銷書，新書則陳列在結帳櫃台附近。她立刻發現自己的書，放在很顯眼的位置。（他不想看到妻子失望的模樣，事先打點過。）她感動地轉過頭看他。

「原來是這種心情啊，你第一次辦演奏會時也是這種心情？」

「衣服被扒光的心情？」

「不是，在世界上存在的心情。」

「重生的心情？」

「不是那樣。」

她停了一下說：

「現在才出生的心情。」

葛瑞絲的書幾乎賣不出去。她短暫感到挫折，但很快就恢復了。由於是首部作品，難免有不成熟的部分，至於哪些部分不成熟，或者何以不成熟並無從得知。書評家連這本書出版了都不知道，自然得不到評論。她信賴丈夫和康寧漢，也相信他們的評語。康寧漢是這麼說的：

「雖然不懸疑，但拿在手中就放不下，這一點是最好的。」

「可惜的部分呢？」

「結局虛無這個部分有點可惜，是覺得沒必要讓兩個人物都悲慘地結束生命吧？不過，這可能是因為我個人喜歡歡喜收場。」

葛瑞絲神情冷淡看著康寧漢，過了一會兒問凱吉：

「你呢？」

「不是說過了。」

「只有說過很好，具體來說哪裡好，從來沒說過。」

「很好，是因為真的很好所以才說好。因為不知道哪裡好，所以更好。」

康寧漢在抖腳，凱吉的回答是一百分的正確答案。

「可惜的部分呢？」

「雖然有，但我不會說，因為修改的話，作家的特色也消失了。」

葛瑞絲笑顏逐開。康寧漢死盯著凱吉，凱吉的眼神向他傳達，朋友呀，應該這麼回答，學著點。然而，康寧漢認為這種方式對她絕不會有任何助益。與其看她臉色，應該說別寫了，她的作品老實說很不怎樣。能夠坐下來一口氣全部看完，是因為根本搞不清楚主題，靠著一股傲氣才讀完。康寧漢正要開口的剎那，凱吉以眼神示意，朋友啊，是失策，別再多說，這樣就夠了。

葛瑞絲躺在身邊，凱吉凝視天花板，他想告訴她實話，她的作品沒有任何耀眼之處。當然，這只是一時衝動的想法。她作家一職的進展，只有在他們倆關係變糟後才有可能，因為在書店裡根本看不到她的書，所以不會有人閱讀，並且給予真心的評論。書店老闆個性倔強，對於新的出版社尤其嚴厲。最近誰都能出書呀，但什麼時候不是這樣呢？即使如此我還是相信我的眼光。這個嘛，客人來找書的話，我會拿出來，會有客人來找那本書嗎？我看五章就闔上，就五章，對我來說那就夠了。凱吉說不應該草率評斷，但書店老闆毫不退讓。他說這麼想吧，一瓶味道不怎麼樣的啤酒，要做出味道不怎麼樣的評斷，需要喝幾口？只要喝一口就夠，最多兩口。但是，我讀了五章之多。

凱吉握住葛瑞絲的手，他們習慣睡覺時牽手。她的手散發野生香菇的氣味，他把她的手抬高放到自己的人中，這是睡覺前為了尋求心靈平和的儀式性動作。她絕對沒必要知道真相，何況真相是什麼無從得知。很久之後，說不定會有人確確實實評論她的書，這不是他的工作，他只要滿足於「丈夫的角色」。

凱吉睡著睡著突然睜開眼睛，感覺到心臟強烈的跳動。她總是全面支持他的事業，難道那是「妻子的角色」嗎？他的良心雖然受到譴責，結果還是再次沉沉睡去。

—李起同文壇出道三年後才完成長篇小說。他採納妻子的忠告，殺死三名主角的其中一人，但沒揭露凶手，他固執地認為那樣才是純文學小說。投稿到徵文獎，卻沒有下文。他的小說仍然是電腦檔案的狀態，「飛行的男人.hwp」，無論是猛然一看或詳細看，完全看不出是一本小說。

自傳一完成稿費就入帳了。委託人雖然評論再怎麼看都不是他想要的故事，最後還是出版了。究竟賣了多少本，無從得知。

丈母娘不搭理女婿的問候。要他到家裡吃人蔘雞湯，卻在洗雞肉時生氣，在頭上綁白布條躺下[24]。結果是他在空無一物的雞肚中放入糯米、人蔘和紅棗，煮熟端上桌。妻子下班後回到娘家，和媽媽起爭執，說叫人來卻不舒服躺著的模樣，看了就討厭。

「幹嘛對不舒服的人這樣。快來吃人蔘雞湯，岳母也來吃。」

「沒胃口，你們自己吃。」

「既然這樣幹嘛叫我們來。」

他把雞腿塞入妻子口中。

---

24 民俗偏方認爲，在頭上綁白布條可以減輕疼痛。

「趕快吃了回家。」
他小聲耳語，丈母娘還是聽見了，猛然從床上起來說：
「你完全不想工作嗎？」
他不知道該怎麼回答，只是舀人蔘雞湯喝。丈母娘不知道是不是改變心意，走到餐桌旁坐下。
「大家都快吃吧。」
丈母娘像自己做了料理一樣說話。
「我開動了。」
他一滴湯都不剩，清空湯碗，心想在回家路上必須買腸胃藥吃。丈母娘拍打胸口說：
「沒吃什麼還是消化不良呢。」
他沉重地開口：
「我會去找工作的，請您別擔心。」
丈母娘很開心地說：
「不要做代筆還是那一類的事，找一個正經工作，正職工作。」
他想回答那是不可能的，但沒說出口。

知道必須在什麼時間放棄的人背影是美好的，說這話的人背影究竟美不美？李起同放棄了，出道已經五年，他在媽媽的紫菜飯捲店廚房裡烹煮客人點的泡麵。

每當看見對面店家的廣告，他的肩膀就自動蜷縮。「圖章、鑰匙、鐘錶」，店主大叔的代表技能有三種，自豪的手藝有三項，真的很了不起。他想如果要掛招牌該寫什麼，「小說……。」

到底是怎麼走到這一步的。

這一切都是爸爸造成的。

他一邊咀嚼生泡麵一邊想。

—放在李起同手中的不是紙鈔，而是《金剛經》，他抬起頭看客人。一位像道士一樣留著長鬍鬚，身穿類似僧侶袍的老爺爺說：

「我沒錢，那麼收下這個，給一條紫菜飯捲。」

他像受了蠱惑，遞出一條飯捲。

萬一，他當時沒遇見這位老爺爺的話。

每當他想到相關事情就感到暈眩。認識到凱吉之後的人生，不知道凱吉這號人物的人生，都是如此，不能說哪邊比較好。

所有致命的事，必然是這麼回事。

8

凱吉分發的不是總譜，而是分部譜，同時提示新的演奏法：

「請演奏自己的部分就好，沒必要費力取得和諧。」

團員們完全不了解他的用意，有人不滿地自言自語：

「那麼，誰完成這首曲子？」

「當然是在場的所有人。」

「福特主義風潮過頭了吧？」

團員們都笑了，凱吉也笑了。

「不是那種意思，是要各位深深沉浸在各自的聲音裡，直到無我的境界為止。汽車的各個零件如果沒配好，絕對無法運轉，必須完全契合。然而，我們的音樂並非如此。意料之外的地方發生意料之外的事，我們必須學習如何欣然接受。揚棄和音、諧和、團結和整體，追求不協調、不和諧、分裂和巧合。」

一名團員舉手發問：

「難道是故意製造噪音嗎？」

凱吉語氣堅定地說：

「不是，很明顯不一樣，我試圖說明的是，接受噪音也是聲音的方法。一開始就沒有噪音這樣的東西存在，只是我們認為有噪音。」

有人大聲打噴嚏，接著是拖拉椅子的聲音。

「剛才的聲音造成干擾了嗎？」

大多數團員都點頭，凱吉卻搖頭說：

「不會吧，不是的，沒必要傷神，因為打噴嚏或是拖拉椅子的聲音都可能成為音樂。」

不知道是不是故意的，有人放了一個響屁，那聲音讓大家都笑了，凱吉沒錯過這機會：

「很好，這也能成為音樂。」

團員開始交頭接耳，他們對於凱吉究竟想做什麼，雖然幾乎不理解，一旦開始演奏仍投入自己的部分，一邊努力聆聽背後傳來其他團員的演奏聲，一邊留意看分部譜。然而，終究完全無法了解。有人手上拿著琴弓坐著發呆，也有人為了喝水而離開座位，發出吵雜的開門、關門聲。凱吉則站在指揮台滿足地看著團員。

葛瑞絲坐在最後面的位子。凱吉想要做的是什麼事，哪怕一個人都好，有人能真心理解嗎？但是，無可奈何，因為凱吉泰然自若地向聽眾展示這件違背常理的事。她耳邊傳來不協調的和音，各種接近噪音的樂器聲音，強忍著閉上眼睛。到處都展開不可預測的音樂。

「愛所發生的事。」

這是羅馬哲學家皇帝說的話，凱吉顯然對這句話很有共鳴。

—李起同在做要送到外場的辣炒豬肉蓋飯時，收到了文字訊息，直到午餐時間結束才有空確認，是失聯很久的一等。

「過得好嗎？我放棄考試，昨天放棄了。」

他特別留意「昨天放棄了」這句話。

他是什麼時候放棄寫作的呢？應該有半年了。媽媽的紫菜飯捲店擴大經營，一個人負責寬闊的外場膝蓋吃不消。他從剝洋蔥皮開始學起，即使如此，不到一週就學會做辣炒豬肉蓋飯，頗有料理天分。搞不好比起寫小說，他這方面的才能更高。他寫的小說在哪裡都一無用處，他做的辣炒豬肉蓋飯卻能讓肚子餓的客人吃得津津有味，擢擢將碗底刮乾淨。

「碗洗好了嗎？」

媽媽拿著帳簿走進來看了看問道。他趕忙回訊息給一等，處理累積的碗盤。很快就收到回覆：

「先見面再說。」

昨天放棄考試的話似乎是真的。一等維持著剃光頭，雖然有眉毛，但眉尾有眉釘。

「昨天打的，想從這個開始才去打的。」

「真的是昨天放棄的？」

「嗯。」

但是，在他眼中，一等看起來像很久以前就拋棄一切的人，眼神變了，無心又空洞，似乎對不到焦點。他沒正視一等的臉，總是看著耳朵附近、額頭或肩膀。他遲遲才告知自己已經結婚，很久以前在鷺梁津玩在一起的長期備考生是她老婆，神奇得令人不可置信。一等出乎意料只揚了一下眉稍，並不訝異，沒說什麼，也沒問婚姻生活如何。

「我有女朋友。」

「在哪遇到的。」

「飯館。」

一等沒有說下去，就算追問可能也不會認真回答，他隨即失去興趣。

「書呢？」

他擺出不知道是什麼意思的表情。

「出書了嗎？」

「我也放棄了，半年前。」

一等這時露出驚訝的表情。

「為什麼？」

「沒人邀稿，長篇徵文獎也落選，都結婚了總要賺錢呀。」

一等摸著眉釘說：

「我們這年紀正是放棄夢想的好年紀呀。」

「都已經三十歲中段班。」

「我女朋友二十一歲。」

一等突然這麼說，他沉默以對。

「下次一起見個面吧，去你家裡玩，姊姊還是老樣子吧？」

「變了。」

一等沒問什麼變了，他也沒說。好一會兒，一等才說：

「聽說女人結婚後會改變。」

「是事實。」

他沒特別解釋什麼。

「我不結婚。」

他點點頭說：

「近來有很多人不打算結婚。」

「你為什麼結了？」

「當時以為人生會很順利。」

「不是嗎？」

「完全不順。」

「我也是。看來大學考試就是我的極限。算了，無所謂，從現在開始只做我想做的事過活。」

這番話讓他反感，我們這年紀只做想做的事過活，像話嗎？

「你想做什麼？」

「先去打工，你們店裡需要人嗎？」

「我媽你還不了解嗎？連我都好不容易才進去。」

「那麼就得去便利商店或漫畫店。」

他心想有誰會僱用三十歲中段班、光頭、失敗的考生當工讀生，但什麼話都沒說。大學畢業生找不到工作，已經成為社會問題。更何況看了一等的高學歷，老闆應該更不想錄用。

「爸媽呢？」
一等凝望著桌角，一會兒才說：
「我搬出來了，現在住在考試院，一年以上沒見到我爸了，上個月見過我媽。到現在才叫我去公司上班，有可能嗎？」
「即使如此，你還是首爾大學畢業的呀。」
「補習班講師之類的還有可能吧，論述[25]講師什麼的，社會探究講師、國語講師，文科方面的任何一科。」
「也可以做家教。」
「可以吧。」
「那麼，為什麼想去便利商店打工？」
「因為什麼都不想思考，只想安靜地生活，閉上嘴巴，跟植物一樣。」
一等突然從椅子上站起來，向四處張望，連鎖咖啡店裡擠滿大學生。
「這裡為什麼這麼安靜？大家都在念書嗎？」
「聽說比我們那時候辛苦啊。」
「大家好像都在偷聽我們說話吧？」

一等坐回椅子上，無端查看椅子下方。他問：

「怎麼了？」

「蟑螂。」

「這種地方哪有什麼蟑螂。」

一等繼續看腳底。

「有蟑螂，很大隻。」

隔壁桌的女學生聽了，不安地查看腳底。

「噢！在那裡！」

女學生猛然站起來，但沒看到蟑螂。女學生煩躁地嘆一口氣，拿起筆電換到其他位子。一等說：

「喂，白費力氣的事真的很多，幾乎都是白費力氣。不管多麼認真念書，不行的人就是不行。」

他一言不發，一等接著說：

「姊姊似乎一開始就是會成事的人，最後終於成了。但我們倆不是，你是那樣，我也差不多，

25 韓國的大學入學考試中沒有作文項目，而是由報考的大學出試題，一般稱為「論述」考試。

而且不是回到原點，是更跌落谷底，你在飯館工作，我要去當補習班講師。喂，你記得中學的時候嗎？」

他故意回答不記得。

「我經常想到。當時真的以為長大後會很帥氣地生活，到十多歲為止一直都那麼想而過日子，現在不可能了。喂，你知道人在什麼時候變老嗎？」

「不知道。」

「知道沒希望時，瞬間就老了。」

一等第一次直視他的眼睛，他卻迴避視線。一等的臉變老了，一下子就老去，他的臉應該也如此。

他感覺到有什麼東西猛烈擦身而過，像火車一樣的某個東西。歲月？或許是曾經以為自己年輕，時間體制中的一個片段。那個時間體制回到他們身邊，又再次離開。從這個角度來看，時間絕對不是線性的。他所知道的時間並不是時間，尚不知道的時間才是時間。

他想起了《金剛經》。

「你看過《金剛經》嗎？」

一等一臉荒謬地反問：

「什麼啊，你這小子？」

—同學中可區分為無法欣然接受，以及和凱吉一樣積極接受兩大類。無法理解禪宗核心思想「空」的學生逐漸增加，一切終究要歸於空的話，為什麼要努力，他們心懷疑問，採取嘲諷的態度。凱吉告訴他們「空」不是那個意思，並且請求教授幫忙。他們在學校餐廳一起吃飯。出乎意料，教授的舉止彷彿沒聽見他的請求。七名學生都看著他，他卻仍然忙著用叉子叉生菜吃。凱吉忍不住說：

「您聽見我說的話嗎？請您說明。」

「無可說明。」

教授立刻拒絕，凱吉要求他再說一次課堂上說過的話。

「那不重要，禪宗的核心是任何事情都沒有固定的模樣，也沒有固定的意義，所有事情都彼此連結，在那關係中位置和意義會改變。所有事物都是變動的。」

「這不也是一種固著的思想嗎？」

一名紅頭髮的學生語氣挑釁地問。然而教授不為所動，完全沒提高音量，或皺一下眉頭。

「有可能是這樣，沒錯。我的修為仍然不夠，我試圖傳達給各位的仍是固著的知識，或許乾脆全部忘掉比較好。但是，希望各位能保持想要了解禪宗的心，無論何時，當時機到臨，各位將會豁然開朗。」

「到底該怎麼做呢？」

紅頭髮再次提問，語氣很不滿。教授只顧著吃沙拉，什麼話都沒說。學生們滿臉懷疑，向四處散開。凱吉端來一杯咖啡，在教授對面坐下。教授取來熱水，正在泡茶。

「用這種方式說明的話，學生們絕對不會認可。」

「即使這樣也沒辦法，因為所有一切都是開放的本身，正是禪宗。」

「像這樣什麼都不定義的話，不會造成混亂嗎？」

「因為下定義才會變得混亂。」

—李起同發現了《達摩流浪者》。讀了《金剛經》，心想有沒有能夠輕易了解禪宗的書，尋找後正好發現這本小說。小說的話不會發困，有自信可以閱讀。《金剛經》是一本很奇特的書，不會令人感到困倦。須菩提這名弟子真的充滿好奇心和治學熱情，他雖然不如須菩提，但是非常想知道須菩提生活在什麼樣的世界。辣炒豬肉蓋飯、豆腐鍋、蛋包飯、超大豬排飯，他不想光烹煮這些而度過三十歲，不願相信兩坪大的廚房就是他的全部。他雖然勤奮地工作，但那甚至沒能開始的事似乎總在他肩上徘徊不去。和疲憊不一樣，更甚於疲憊。

「所以你搞清楚了？」

一等問，光頭尤其閃耀。一等在漫畫店找到工作，原來他從以前就是那間店的常客。

「不會發困，你也讀看看？」

「算了，講重點，是講什麼的？」

「以橘子來舉例，對於第一次看到橘子的人來說，橘子並不是橘子。一開始我以為這是禪宗思想的核心，只是賦予橘子所謂橘子這個名字，橘子並非橘子。但是，並非如此。看看吃橘子的人，是橘子在吃人呢，還是人在吃橘子呢，這個更接近禪宗思想，你知道是什麼意思吧？」

一等皺著眉頭。

「橘子吃人的話，還是橘子嗎？是怪物吧。」

他趾高氣揚地將書丟給一等後離開。

一週後，他又去了漫畫店。一等在吃泡麵，一看到他馬上說：

「喂，是這碗泡麵在吃我，還是我在吃這碗泡麵？因為泡麵空無一物，我也空無一物，所以我們在吃彼此。這麼一來，我變成泡麵，泡麵變成我。」

他妻子說：

「泡麵是泡麵，橘子是橘子。橘子就算吃人還是橘子，泡麵就算吃人還是泡麵。不管做了什麼瘋狂的事，橘子還是橘子，只是變成『瘋狂的』橘子而已。」

他也將那本書丟給妻子，她一天內全部看完，並且說：

「這樣活著的話很累人，這是我的結論。」

他馬上回嘴：

「那麼快就讀完，所以是糟糕的領悟。」

她瞪著他說：

「你的領悟更糟糕好嗎？明天到寺廟去問看看。」

他們真的去廟裡。順著階梯走上去，途中還以為會累死。一位僧人彷彿事先知道他們會來一般，站在供奉數十座佛像的入口附近。他們互相戳對方的肋骨，結果什麼都沒問就離開了。他在回家路上下結論：

「我有可能錯了，但佛祖真正的意思有誰知道呢？」

出乎意料，「正確答案。」妻子這麼回答。

一等的女朋友真有其人。李起同看到體格和身高都比一等大一截的她，心裡很吃驚，但沒表現出來。妻子顯然也察覺到了。她的名字是金夏英，一百七十六公分的高個子，是他們之間最高的。

妻子很喜歡金夏英，話不多、個性很害羞，一開始以為是這樣。但是，黃湯下肚，就在陽台上菸一根接著一根，大聲打嗝，豪放大笑，把掉落地上的食物撿起來吃。一等展現對女友的驕傲：

「她一點都不做作，個性真的很坦率。」

金夏英抓住一等的衣領，用力搖晃，直到一等說怕癢才放手，也不知道有什麼好笑的，一直笑個不停。妻子應該是覺得在金夏英酒瘋更嚴重前讓她睡覺比較好，將她帶去床上躺下。接下來三個小時，金夏英一次都沒醒，始終沉睡。那段時間一等和他們夫婦坐在沙發看電影，名為《打雜詩人》的電影。雖然是他挑選的影片，但不知道劇情就開始播放。妻子不停打哈欠，為了驅趕睡意煮了濃咖啡，卻毫無效果。她把一等推到地上，在沙發上躺平睡著。兩個女人都睡著後，他和一等小聲對話。一等指著螢幕說：

「像那樣隨便生活也能出書，你是不是活得太正直了？」

他苦笑一陣才說：

「你懂什麼。不是那樣生活才出書，就算職業是銀行員，出版社也會聯繫的，原本就是有實力的人。」

「才不是。」

一等又強調：

「才不是，分明是因為像那樣亂七八糟地生活，才領悟到人生的意義。看來賭博最好，你也去賭一把，要不然和那種最狗血的女人交往看看。」

他轉頭看睡著的妻子說：

「看來每個人都有決定好的經驗值，和公務員老婆一起生活、在廚房裡工作，就是我的經驗值極限。」

「才不是，那要由你來決定吧。」

一等的話很堅定。

「我如果是作家的話不會像你這樣生活。去旅行走走吧，文章寫得出來嗎？整天都在廚房裡工作。」

然而，對於他為何這麼生活，兩人再清楚不過，於是只能閉上嘴巴。他是丈夫，必須盡可能擔負生計的責任，為了不受妻子輕視，凡事都必須努力，沒有比聽著沒用的老公這種話生活，更恐佈的事情。他說：

「你知道嗎？所謂的老公不是一種存在，而是位置。被趕出那個位置的話，得到的待遇會比寵物還不如。在現實中，存在絕對沒有先於本質。沙特沒有經歷過平凡的婚姻生活所以不知道。」

一等搖搖頭，出乎意料地說：

「你之所以這樣生活都是因為結構性問題，邀稿制也是問題，改成投稿制的話，不就誰都可以發表文章？不管是成人、沒有名氣還是什麼都可以。何不乾脆把文壇出道制度廢除？那樣會更好吧？又不是什麼資格證。」

每當他聽到這樣的話，都會想起奧斯威辛集中營。指揮官的手指頭彎曲再伸直，光憑這樣就決定了誰去挖煤炭，誰被拉去做人體實驗。他被送到「小說房」，只比毒氣室稍微好一點的程度。

「不管怎樣，現在不寫小說了。就算改成投稿制，也無法和資深作家競爭，搞不好邀稿制才是讓新人有機會發表作品的制度。」

「太天真了。只向可以增加銷售冊數的作家邀稿，是理所當然的事嗎？你真的不寫小說了？」

他搖搖頭，一等說：

「那麼，我來寫寫看。」

「你嗎？」

「把我經歷的歲月如實寫出來的話，可能大家都會有共鳴。」

「別說笑了，誰會和進首爾大的傢伙有共鳴？」

一等沒反駁。

金夏英從房間裡搖搖晃晃走出來，不知道是不是酒醒了，又回到安靜的個性。妻子為她泡了蜂蜜水，她接過時雖然不好意思仍一口氣喝光。一等問可以睡一晚再走嗎？妻子回答可以滾了。他們離開後，妻子說：

「他們應該很快會分手。」

「為什麼？」

他完全看不出來任何跡象。

「你看不出來小女生有點困惑嗎？」

妻子的預言失準，兩人在幾個月後結為連理，沒舉辦婚禮。他挑選嬰兒床作為結婚禮物，金夏英順利生下孩子。一等在結婚登記後七個月，變成爸爸。在論述文補習班工作的他，孩子出生後成為人氣講師。他拚命上課，以戰鬥姿態過日子，撐下去，好好撐下去。他和學生家長進行的入學考試商談，也得到高分評價。他還是頂著光頭，說這樣才能在每次照鏡子時，輕易地調整心態。一等說：

「別的事情不知道，但我會成為告訴孩子失敗也沒關係的父母。即使其他部分會和一般父母一樣，但對於失敗我會寬容。」

「當然，當然要這樣。」

然而，他心裡是這麼想的：爸爸是首爾大畢業，時雨將會超有壓力。自己比爸爸做得好的事情是什麼，他突然浮現這個疑問。

「安定，這一點比爸爸好。對婚姻生活忠實，這一點比爸爸好。默默地接受人生（雖然感覺糟透了），這一點比爸爸好。」

只是，我是為了做好這些事才誕生的嗎？

他在剝洋蔥皮時滑倒，手腕和小腿同時受傷，得到五天的暑期休假。妻子提議去旅行，他拒絕了，他哪裡都不想去。妻子自己去旅行。他打開冷氣，在冷氣機下方躺著，然後擔心電費又關掉。屋裡像蒸籠，必須到別的地方去才行。

他一瘸一拐走到圖書館，感覺自已完全變成一名老人，突然想著活著是為了什麼？真想早日老去死掉。他站在行人穿越道上看著始終不變換的號誌燈時，領悟到了，沒有一件事情是成功的，什麼都沒有。

我的人生像白紙一樣蒼白，什麼都沒有。

我的人生像荒地一樣乏味，什麼都沒有。

我的人生什麼都不是，什麼都不是的人生。

必須逃避，但是要逃去哪裡？他一走進書庫就想到，這裡正適合，因為這樣大家才無法理解我呀。他蹲坐在最角落的位置，背後、眼前、頭上都是書，也發現收錄新春文藝出道作品的小說集就放在書架最上方。看了一切，此處似乎正是他的墓地。

「大叔，請借過。」

他把屁股向前挪，稍微讓開坐下。

「我說借過。」

唐突的小子，看起來不過是中學生，到底是想拿什麼書，要這麼吵鬧。中學生拿走《中學生必讀的經典小說》，不耐煩地丟在桌上。

「不想看的話不要強迫自己看。」

「什麼？」

「不要強迫自己看。」

「啊，好。」

中學生沒有看向他。如此看來，大家都憎恨手上的書，還有人在解數學題目，即使是成年人。他咂嘴搖頭。學校裡教小說的話是不行的，反而必須不讓讀小說，學生才會急切地想讀，就像喝酒和抽菸那樣。他獨自笑開懷，站起身後拍拍屁股。禁止閱讀小說的世界，這個故事如何呢？

那個中學生是主角，還不錯，好玩之下寫寫看，既然沒有人知道我在寫什麼，也毫不關心，不就寫什麼都可以？甚至於覺得好玩也可以，庸俗句子、無聊句子沒有必要刪除，任由手去寫。自由自在，不必在乎別人的眼光，現在是解放的時刻，因為已經被拘禁五年。

他索性搭電梯到樓下的賣場，買了練習本和筆，然後坐在閱覽室寫下第一個句子。沒有深思熟慮，只是任憑筆自由揮灑，把接收到的寫下來。

在走回家的路上，自己什麼都不是的事實不再折磨他，這一類事情無關緊要，要煩惱的只有小說接下來的內容。那麼，那名中學生後來怎麼了？離開去尋找小說嗎？途中遇到女學生？那是初戀嗎？所以一起去尋找小說？在未成年者禁止進出之地，少年得到什麼領悟？

他沒發現號誌燈變了，一臉傻氣卻又像生活在天堂的傻瓜般，表情開朗地呆站在人行穿越道前。

—凱吉的弟子克里斯提安·沃爾夫給了他一本書。那是中國周朝時寫成，沃爾夫爸爸翻譯並出版的書。凱吉聽說是占卜吉凶禍福的書，一開始輕鬆地打開第一章，但從結論來說，這本書改變他的人生。

「我想以《易經》為基礎嘗試作曲，不會太難，只要決定原理再照著做就行，所有結果都是以機遇為基礎，丟銅板。」

葛瑞絲滿臉訝異地問：

「你說什麼？現在是說想做什麼？」

「我說要以丟銅板的結果為基礎來作曲。」

「噢，老公，你一定要那麼做的話我不會阻止，但是，不要告訴人們實情應該會比較好。」

—李起同時隔一年重新開始寫小說，他設定了一個前提，不打算給任何人看。不這麼做的話，似乎完全沒辦法寫，畢竟他曾經是失敗的小說家。

妻子不知道他處於何種狀態。兩個人很久以前一起在鷺梁津度過備考生活，累積深厚的同志情誼，現在卻是世界上最不了解彼此的人。妻子在這種狀況下和別的男人交往，能夠責怪她嗎？

他可以責怪。理由是這個世界上幾乎所有已婚男女，即使對配偶並不完全理解和同感，看起來都堅持住了。更重要的是，因為他正是如此。

說不定他的小說是催化劑。在他一無所知埋頭寫作時，妻子去製作香氛蠟燭的工坊，在那裡遇見某個人的事實，或許只是他直覺上的猜測。然而，他沒監視或質問妻子，不是因為信任妻子，而是因為自責。雖然他在媽媽的紫菜飯捲店工作，拿薪水回家成為家長，但兩個人近來少有對話。他回到家裡，不是倒頭昏睡，就是到廚房旁的小房間裡寫作。妻子躺在沙發上，直到睡前都在看電視，或者看手機，以通訊軟體聊天，有時候會笑出聲。他沒問過為何而笑，問這樣的問題是想要一起笑，他沒有那種意圖。她生活在陸地，他生活在島上。

「你該不會是結了婚，仍然對愛情能夠維持這種事抱有幻想吧？」

一等這麼說：

「我因為有了孩子，除了責任感之外，完全感覺不到其他感情。問我相愛嗎，我會說是，但我不知道愛是什麼。」

一等說得就像他真的不知道。他盯著一等看，眼神中帶著輕蔑。他會這樣是因為不久前一等才對他坦誠心事，說和一個高中剛畢業的女孩在「戀愛」，不是外遇也不是衝動，甚至感受到和老婆之間不曾有過的感情。

「剛才不是說愛那個小女生，現在又說不知道了？」

一等眼神中盡是心寒，看著他說：

「愛老婆和愛老婆以外的女人，是截然不同的問題，不知道嗎？你愛你媽，和愛其他女人，是同樣的愛嗎？」

「那樣更有問題吧，你連老婆都感覺不到親情之愛。」

「老實説沒錯，老婆無法成為老媽，死掉了再復活都不可能。離婚的話就是外人，現在只是以我老婆的身分生活而已。但是老媽不一樣，就算斷絕關係還是媽媽。」

「你到底為什麼結婚呀？」

「不知道才問的嗎？不是為了孩子嗎？」

「你愛孩子嗎？」

「當然，我們是爸爸和女兒，絕對不會變成外人的關係。」

「你這種想法，你老婆真的完全不知道嗎？」

「她對我毫不關心，只在意孩子。」

一等接著説：

「我會做了斷的，沒打算交往太久。」

他出神地看著一等頭上短卻茂密的頭髮，不光是襯衫鈕釦下凸出的肚皮，寶格麗結婚戒指、古馳皮帶、愛馬仕領帶，一等變身為善辯者。一等雖然試圖理解補習班學生的心，卻總是打哈欠；謊話也開始越説越多，有時還謊稱所有事情都順利進行。回首鷺梁津時期的模樣，似乎只有他一個人和當時一樣。

兩人很久沒面對面坐下來一起吃晚餐，妻子對他説：

「你也變了。大家都認為自己沒變，只會說別人。」

「你說我哪裡變了？」

妻子粗暴放下正夾著麵條的筷子說：

「喂，你是我們三人當中最會裝腔作勢的，不知道嗎？」

他否認了。

「能夠客觀地掌握自己也是一種能力，但看來你沒有那種能力。」

「因為小說才這麼說的嗎？」

他就像喉嚨裡卡著魚刺，皺著眉頭問。妻子什麼話都沒說。

—李起同的媽媽每次看到兒子都會嘆氣。就像是口中放入一把腐壞的豆芽菜，喀吱喀吱咬著的人一樣，露出怪異的表情。她無法相信兒子最後當了紫菜飯捲店的大廚。那個圓圓的東西不是熱氣球，而是降落傘，她兒子在往下、往下降落，到了再也無可下降的地步。她偶爾會用力捶打兒子的背，不明所以的兒子滿臉驚訝回頭看著媽媽，然後她會輕撫兒子的背，露出惆悵的笑容，以後再也不做折磨兒子的事情了。她曾經在學校給家長的通知單上的空白處，寫下兒子的未來志願是「醫生」。寫下又大又端正的「醫生」時，彷彿自己的夢想已經實現一般感到欣慰。穿著圍裙而不是白袍，拿著菜刀而不是筆，兒子的臉和他老爸越來越像。她察覺到兒子在變老，再也沒有比這種領悟更令人悲傷的事。但是必須接受，她接受了，再也不抱任何期待。歲月在他們母子臉上公平地流逝。現在認命了，兒子不是成長中的新芽，顯然也不是翠綠的樹苗。長大了，完全長大了，四捨五入的話四十歲。她從椅子上起身，開始做飯捲。客人仍然上門買她的紫菜飯捲，這樣已經足夠，只是不確定會有誰上門找她兒子。若要她說一件關於人生的領悟，那就是沒有客人持續上門，生計會變得相當困難。她討厭把兒子放在廚房，她認識一個她很中意、手藝又好的朝鮮族婦人，當然薪水也少很多。兒子不知道人情世故而活著的明確證據，從他拿的薪水來看就可以知道。但是她什麼都沒說，若不想在與親家母見面時丟臉的話，必須這麼做。

—李起同想要離開前往遠方，坐上了地鐵。最後到達的地方是北漢山登山路入口，他對於頂多只能到這裡的自己，感到很失望。

他沒有登山，而是從反方向開始走。經過行人穿越道，走上小山坡，看見王室墓域道，是燕山君墓的所在地。途中經過墳塚崩塌、用石板覆蓋的無緣墓[26]，誤以為是燕山君墓，但發現不是。真正的燕山君墓是家族墓，整理得比較好，四周圍著鐵柵欄。他數算了墓前的文官石像數量，再次移動腳步。貞懿公主墓，後方的三角山模樣很雄偉，數算了文官石像數量，再次移動腳步。

他走進金洙暎文學館，看了年表後，心想和自己的人生也太不一樣。他試著在腦中做自己的年表，寒酸又感覺不到任何興致，不管怎麼說都羞於示人。做了什麼？我到底是？

寫作四小時、閱讀四小時、賺錢四小時，賺錢的方式是翻譯，他久久凝視金洙暎優雅的字體。他現在的生活是廚房工作十三小時、寫作兩小時、看書一小時。

貼著磁鐵的木片上各寫著一個單字，挑選單字在白板上排列，會連成一個句子，有隨機挑選的趣味。他在苦思後完成句子：

「夜晚吵吵鬧鬧起來了。」

—史坦威公司創立一百週年前夕，他們的鋼琴發生歷史性事件。這次演奏值得矚目的理由雖然有好幾件，最重要的是，只有史坦威鋼琴才能發出的聲音完全沒響起這件事。亨利・史坦威的子孫感到困惑。他們一直將彈奏史坦威鋼琴的大師名字，刻在以家族族譜而傳世的石板上面，是否將一九五二年八月二十九日演奏的鋼琴家名字刻在石板上成為問題，議論紛紜。

———————

26 指無人祭祀的墳墓。

「這裡不能放那個人的名字。」
「這不能稱之為演奏。」
「這是什麼無知的說法，趕緊拋棄讓史坦威家門蒙羞的偏見。這個分明是演奏，也是非常有創意的方式。」
「我也認為是演奏，舞台上明顯擺著我們的鋼琴，鋼琴家坐在前面，三個樂章全部演奏完成，絕對是歷史性事件。」
「真是的，那麼說說看聽見了三個樂章，還是三十個樂章的鋼琴聲？有誰聽到演奏聲，請舉個手。」
他們最後決定不處理刻上名字的問題。凱吉是整個事件的始作俑者，為了讓輿論知道自己的創作意圖而奔走。換作其他藝術家絕對無法享受這樣的事，但他原本就很熟悉這種採訪，是從聽眾不友善視線中生活過來的人，所以能夠維持平穩的表情和態度。記者問：
「這不是鋼琴演奏，而是一種身體動作不是嗎？也有意見說乾脆看成是藝術性姿勢，您怎麼看呢？」
「並非如此，的確是鋼琴演奏會，都鐸成功地演奏了我的〈四分三十三秒〉曲子。聽眾的參與當然也很了不起。」

「那可以稱之為參與嗎？聽眾變得困惑，相互詢問發生了什麼事，咳嗽、打噴嚏、抖腳，還有孩子的哭鬧聲，那個孩子的名字是安，現在十一歲。演奏會結束後，她在大廳裡四散的聽眾群中啜泣。我走過去問她為什哭，您知道她怎麼說嗎？安回答很害怕，因為擔心鋼琴家是不是心臟痲痺，接著因為打開又闔上琴蓋的動作而心安，但鋼琴家還是沒演奏。安心裡想鋼琴家不只遺失樂譜，背起來的暗譜也全部忘記了。安因為恐慌而害怕，那個孩子預計在下週的才藝表演會當中演奏蕭邦的樂曲。安被稱之為神童，為她買票的父母因為憤怒而漲紅臉。我們早就知道這個世界到處都是騙子，現在連我們的孩子也清楚明白了。到底美國這個國家未來會變成什麼樣？他們這麼說。」

凱吉聽了只是微笑，他不覺得有必要反駁記者的話。除了眼前這名記者，還有八名記者等著採訪他。

「我不是不理解他們的想法，但是，想讓世界變得更好，像我這樣的實驗音樂家，我認為絕對有必要存在。」

「時間到了。」

一直安靜坐在凱吉身後的葛瑞絲告訴記者，她眼神中的憤怒正熊熊燃燒。記者向她要求再延長一些時間，因為凱吉完全沒正面回答他問題，導致根本沒有能刊登在報紙上的內容。葛瑞絲終於失去理智說：

「不管凱吉如何回答，你都會貶低凱吉，把他寫成一個可笑的傢伙吧，不是嗎？像你這種人我太了解了。」

記者臉上泛紅又張開嘴巴，最後決定作罷，從位子起身。

回到家裡，凱吉回想填滿演奏會場中的聲音，寂靜和雜音，詢問這到底是怎麼一回事的聲音，後來是提高嗓門對某個人說話的聲音，或許是問舞台上的演奏家現在在做什麼？為什麼不演奏啊？接著是咳嗽聲、寂靜和拍手，穿越虛空的責怪噓聲，因為憤怒而身體發熱所引起的聲音，跺腳走向外面的聲音，拍手，咳嗽聲和亂哄哄的聲音……

—李起同在寂靜和噪音中寫作，在公車候車站。公車已經收班，要走兩小時以上才能到家，但他停不下來，就算得在公車站熬夜、搭清晨第一班車回家。妻子不會責罵他，也不會問他在哪裡過夜。她從上個月開始，每週會有一天外宿，雖然告訴他是因為加班，但沒詳細解釋，他也沒問。要挽回已然太遲。

他在道路上奔馳的車輪聲以及頻頻出現的寂靜中，把筆電放在膝蓋上寫小說。雖然是無法稱為小說的小說，他心裡面認定是小說，即使那只是如實陳述他自己的故事。喝醉的路人停下腳步，然後走到他身邊，抬頭看收班已久的公車路線表。路人問他：

「要去原子力醫院的話，應該怎麼去？」

他知道原子力醫院在哪裡，卻搖頭回答不知道。就這樣手指沒停下，視線也沒離開筆電螢幕。

路人嘟囔幾句無法辨識的話，在他旁邊噗通坐下說：

「必須去殯儀館才行，我喝醉太累了，請您帶我去那裡。」

他中斷打字轉頭看向路人，不知道是否因為太暗，還是因為他正寫到關於爸爸的事，路人的臉看起來和爸爸非常相似。

「公車收班了。」

「啊？為什麼？」

路人滿臉驚訝，伸出頭查看車道。

「最後一班車已經過了，請您搭計程車。」

「從剛才開始一台計程車都沒有。」

如同路人所說，連一台計程車都看不到。

「可以走路去，請從這邊一直走下去。」

「遠嗎？」

「很遠。」

「這樣不行，你帶我去。」

路人拿出皮夾，不知道是否一毛錢都沒有，只是安靜看著，然後又放回口袋裡。

「是誰過世了呢？」

「嗯？啊，我姪子。」

「年紀輕輕就死了啊。」

「被車撞了，騎摩托車的時候。」

「請您走路去吧，從這邊一直走下去會看到醫院的燈光。」

路人眼神空洞看著他手指的方向，突然低頭看他的筆電問：

「這是什麼？嗯？是什麼？」

「是筆記型電腦。」

「是吧？我姪子入學時我買給他的禮物，是三星嗎？ＬＧ？」

他沒回答。

「那小子沒用幾個月就死了，把它要回來不像話吧？」

「您要回來要做什麼呢？」

「是啊，也用不上。」

路人從長椅上起身，看了好一會兒自己應該走的方向，最後才移動腳步。他一臉呆滯看著筆電螢幕，在他敲打鍵盤期間，到處有死亡發生，有事故發生，是真實的死亡和事故。突然感到寫作是沒有意義的行為，但是這樣的感情沒持續太久，是過去的事，是虛無主義，什麼事情都不做，或者什麼事情都做，現在都變成類似的感覺。

他再次開始敲打鍵盤。他對小說法則的信念始終如一，情節如果沒有朝向消失點聚集的話，絕對無法抵達結局，那不是放下筆就能解決的問題，完成結局的不是停手這個行為，而是在故事帶動下很自然地停住。就像年老的動物安靜迎接死亡，沒有抵抗，也沒有騷亂，就那樣。

—葛瑞絲沉默了，她的第一本小說只賣出十五本，這是全國的銷售數字。一開始難以相信，心裡想著說不定漏掉某位數字。出版社和她的第二本小說契約也一延再延，甚至在首部作品出版後，他們仍然保證會和她一起認真累積寫作經歷，現在卻連她的電話都避而不接。

她雖然失望，但沒有放棄的念頭。她以極快的速度著手寫第二本小說。反正只要寫出來，說不定就能找到出版的地方，但是不寫的話什麼事情都不會發生。

她在小說裡化身為約翰・凱吉，化身為在韓國生活的小說家L，兩人遲早必須見面，但是到目前為止還看不出什麼徵兆。她費心苦思到底兩個人如何遇上。約翰．凱吉到韓國去呢，還是L到美國來呢？她最後讓L到美國，只是L一抵達紐約隨即喪失理性。L站在時報廣場正中央，一臉不知如何是好的表情，看著從身邊經過的人群。L在紐約究竟可以做什麼？正如她所懷疑，L會做的只有寫小說，這在異國他鄉一點用處都沒有。L最後淪落為遊民，成為在紐約乞討銅板、在地上鋪紙箱睡覺的乞丐。鬍子亂七八糟，頭頂和後頸發出惡臭。L逐漸變成國籍無法辨識的模樣，有錢就買酒喝，肚子餓就翻垃圾桶。葛瑞絲最後趴在筆記本上，哭了起來。

凱吉聽到她的嗚咽聲跑過去看，卻無從得知發生什麼事。她哭了好一會兒才停止，說：

「我不知道到底想寫什麼，更可怕的是，現在結局就要出現。」

「那麼延後再寫不就行了，重新寫也可以。」

他以完全不成問題的開朗語調說。

「你不懂小說。不是寫就能成的事，不是把稿紙累積起來就能成為小說。」

「當然如此，但是葛瑞絲，這樣的事只要是作家誰都要經歷。稿紙越積越多，奇怪的是，比起安心更大的是不安，必須知道如何克服。」

「說得倒容易，不管怎樣要重新寫了。」

「如果真想那麼做的話也無妨，但是到目前為止寫好的不可惜嗎？是什麼樣的內容？」

她固執地閉上嘴巴，最後才供出一切。凱吉對於自己以主角身分登場這件事，完全不訝異。

「那麼，兩人到現在還沒見面？」

「是，問題就在這裡。」

「那容易，葛瑞絲，透過作品讓他們相遇不就行了。韓國的小說家得知我的演奏會，要不然就是看了我寫的小說。」

「你不是沒寫過書嗎？」

「雖然如此，但既然是小說，怎麼寫都可以吧。」

「是這樣嗎？那麼就用看了你寫的書？」

「職業是小說家，這樣不是很自然嗎？」

「那麼你寫了什麼書呢？」

他費心苦思。他寫書的話，會是什麼內容呢？應該不是小說，他很久以前就放棄小說家之夢。關於音樂的想法？以散文的方式。她說：

「但是，為什麼小說家會看音樂家寫的書呢？」

他搖著頭說：

「那是小說家的心思，我怎麼會知道。你應該可以讓情節合情合理吧？」

葛瑞絲思來想去後說：

「那種事總是在偶然間發生。沒錯，就像你老是強調的，和機遇有關。所有人之間都彼此連結，所有事情都能以偶然解釋。沒有任何事情是一開始就決定好的，命運總是伴隨選擇發生。這樣吧，L偶爾間看到你寫的書，在圖書館書架間閒逛時。那麼，書名是什麼呢？」

凱吉立刻回答：

「寂靜。這個主題總是令我著迷。」

—他在圖書館書架間閒逛時，發現《寂靜》這本厚重的黑色精裝書，作者是美國前衛音樂家約翰・凱吉。他對凱吉一無所知，甚至連名字都沒聽過。他快速翻動書頁，卻突然停下來。不能以從左到右、從上到下，逐行閱讀的方式來看這本書。他的目光快速移動，在不同的字體間尋找相似的形體，把片段連結成句子，如此一來才能看出上下接續的句型，就像讀詩一樣，需要琢磨玩味。他一直捧著書站著，手臂感到痠痛，畢竟是本如同啞鈴一般，厚實又沉重的書。他把書放回書架，卻又轉過身，再次把書打開。想要看懂這本難以理解的書，這樣的慾望在心裡竄升。這位音樂家到底為何要用這麼奇怪的方式寫書？最近每逢休息日都待在圖書館的他，就這樣遇見約翰・凱吉。

—成功很迅速，殞落也同樣快速。一等瞞著妻子交往的女學生在補習班告示板公開一等的惡行。她揭露雖然知道一等已經結婚並拒絕追求，但因為他糾纏不放而交往，也一起去濟州島旅行，卻在告知懷孕後馬上被拋棄。李起同看了上傳到告示板的文章。他在店裡清掃地板時，一等滿臉憔悴地出現。

「是真的嗎？」

「她劈腿，除了我之外還和高中時期的同學交往。向我要錢，我拒絕了，於是變成這樣吧。後來才知道，她念高中時也有過類似的事情，同一間高中畢業的學生告訴我的。」

他握緊拳頭，但沒能揮出去，因為從來不曾打過任何人，再加上不知道孩子是否真的是一等的。然而，他直覺上認為女生所說的是事實。一等聽到對方懷孕時所說的話：我呢，不會把生下我小孩的女人當作女人看待。看了這段話，他更確信是事實。如果他人生中必須打一等的機會只有一次，那就是現在。

拳頭一直線揮了出去，就像漫畫書裡看過的那樣。然而，拳頭與顴骨碰撞所反射產生的疼痛，痛的程度令他吃驚。他把拳頭夾在大腿內側，彎腰藏住，調整呼吸。一等痛到在地上翻滾、搖晃晃，但沒昏倒。一等瞪著他說：

「你這小子，瘋了啊？為什麼突然打我，發神經啊？」

一等的顴骨很快就開始腫大，他到冷凍庫取出冰塊，再用布包著丟給一等。

「去道歉，做個了斷。別假裝不知道，做得到的都去做。到那個時候我會再把你當朋友。」

「聽說道歉的話要給賠償金？如果有錄音什麼的怎麼辦？」

他看著一等的臉，他的拳頭也腫起來，不停地抽痛。

「你除了我之外沒有其他朋友。」

「就算不見面對我的生活也沒影響。」

「知道了。」

他停了一會兒才說：

「出去，別再來了。」

一等把布扔在桌上說：

「到底為什麼這樣？為什麼不站在我這邊？」

「這是我想問的，到底為什麼這樣？為什麼如此惡質？不知道開進口車、穿戴名牌是成功的人生嗎？」

「你才為什麼要表現得這麼愚蠢？書什麼時候才出版？小說放棄了？」

他啞口無言。

「這時候為什麼要提小說！」

一等從位子上站起來說：

「身為你的朋友，我對你也有不滿意的地方。即使如此，你聽我說過什麼嗎？倒是你為什麼這樣對我呢？你不順利都是因為我嗎？因為我成功了，你在忌妒吧？」

他啞口無言。這小子認為，認為我只有那種水準啊，最多只是那種程度的傢伙。他把一等攆出去，鎖上門。他該下班了，但莫名地不想回家看到妻子。

大家都變了，除了我之外。

但是，他沒把握，是否屬實也無從得知。或許除了他之外，大家都盡了自己的本分、做好自己的事，成為找到人生樂趣的大人也說不定。

他走出店外鎖上門。一等蹲坐在門旁邊，頭埋在膝蓋之間說：

「抱歉提到小說的事，那不是真心的，一直都支持你。」

他怒氣未消地回道：

「支持之類的就不必了，拜託，活得像人一些。」

一等沒辯解。

他到家後敞開心扉告訴妻子和一等吵架的事。妻子坐在沙發上、手臂交叉，一臉嚴肅地聽著，突然問說：

「我和其他男人見面你知道嗎？」

「……嗯。」

「那為什麼不生氣？你是多邊戀嗎？」

「那是什麼？」

「同時愛好幾個人。」

「不是，你是嗎？」

「本來以為是，但不是。我會整理好的。」

他沒回任何話，只覺得這一天好漫長，還好明天是假日。

「明天要不要去鷺梁津？」

她的話讓他露出驚訝的表情。

「去幹嘛？」

「去吃杯飯，今天電視上介紹的，鷺梁津的杯飯街。」

「好，去看看吧。」

「在那裡的時期真的很好，不是嗎？」

「你懷念那個時候嗎？」

她立即回答不是。

「只是對那時候的我感到好奇，如此而已。」

「為什麼突然有這種想法？」

「好像有某個地方空了一塊，一直都這樣。」

「結婚後也一直那樣嗎？」

「嗯。」

還不算糟。原本以為為時已晚，已經錯失一切，但機會來了。他小心翼翼地說：

「別去鷺梁津，去別的地方吧。」

「哪裡？」

「慶州，去過嗎？」

「小時候修學旅行。」

「去過一夜再回來吧。」

那天晚上，他們久違地聊天直到入睡。他們記憶中的慶州、修學旅行、佛國寺、石窟庵、青年旅館，還有一直吃香雅飯[27]。

「我是從那時開始討厭香雅飯的。」

「我也是。」

他們感嘆著，沒有時間差地入睡。

—李起同和妻子輪流駕駛，前往慶州。途中進休息站買魚糕棒和魚乾片吃，接連聽見九〇年代的抒情歌曲，跟著用鼻子哼歌。感覺再次回到新婚時期。妻子也有同感嗎？他凝望駕駛中妻子的側臉，看見先前沒注意到的細紋，已經到了這樣的年紀啊。他突然驚覺文壇出道已經六年，再過幾個月就是七年，轉眼就是十年。事到如今，應該可以預想能夠到達什麼境界，然而在現實中，他正隨心所欲地寫文章，反而懷疑是不是在退步。每週有一天他會整日待在圖書館，修改文章並且在書庫裡閒逛，看到哪一本書就拿來讀。神奇的是，比起必讀的經典小說，他反而從那些隨機閱讀的書得到更多靈感，約翰．凱吉就是這樣遇見的。

妻子對約翰．凱吉的人生也很感興趣，雖然剛開始她質疑哪裡有這種奇怪的音樂家，難掩嘲笑，但知道名為〈四分三十三秒〉的作品很有名後，不知怎地就對如此罕見的音樂家非常好奇。他所知道的儘管不多，仍將從《寂靜》上得知的凱吉人生，轉述給妻子。

「核心是禪宗，他以音樂實踐禪宗。」

「這裡怎麼又出現禪宗？」

妻子啪嗒拍打方向盤，最近即使不是強烈表達自己的意見，她也會拍打桌子、牆壁等眼前所見的事物，養成了習慣。

「所以才說很神奇。遇見給我《金剛經》的老爺爺後，才看了《在路上》這本書，現在則是約翰・凱吉。」

「你可以理解他？」

「某個程度，完美理解某個人是不可能的事。」

「這話讓人倒胃口，是因為不想努力去理解而說的藉口。」

他短暫以為這是針對他所發射的暗箭，然而，妻子果然沒這個意思，似乎完全沒往那方面想。

「正在努力中。從約翰・凱吉活過的人生中，應該可以找到我煩惱中問題的解答，憑直覺知道的。」

「看來你是無可救藥的作家，每天只想在書裡面尋找解決對策，又不是實際可以遇見的人。不對，即使實際上可以見面，約好了你也不會去吧？你的話應該是如此。」

———

27 又稱林蓋飯，是一種日式的牛肉燴飯。

「為什麼不去呢？」
「不會去的，我了解你。」
他們一進入慶州就籠罩在沉穩又寧靜的氣氛中，或許是因為道路兩旁都是田地，沒有遮擋視野的公寓大樓。毫不複雜的單純風景，擄獲他們的心。住在這裡能寫出好文章吧。腦中很自然浮現每次到靜謐鄉下時都會有的想法，在這裡開一間小咖啡店，賣咖啡給觀光客，剩餘的時間寫作。像這樣的地方沒必要營業到太晚，因為客人不多，有充足時間可以書寫和閱讀。偶爾遇到志同道合的客人，一邊交談關於文學的話題，一邊建立珍貴的情緣後離開，這位客人每年都會順路到店裡來，成為老客人。偶爾參與地方社會的志工活動，也為附近居民發表書寫自傳、隨筆散文和短篇小說的演講。就這樣成為地方社會的人才，不可或缺的人。對於首爾我不是不可或缺的人，比我了不起的人實在太多，我的存在毫不起眼。更關鍵的是，首爾又吵又亂。
他從隨身的斜背包中拿出筆記本，快速寫下對風景的感想。因為妻子想看柱狀節理，他們要開車到浦項附近。在國道上奔馳時，看見一座廢棄的加油站，一隻又瘦又乾的小狗被鐵鍊拴住。妻子大聲喊叫並緊急煞車。他嚇了一跳大聲問：

「怎麼了？」

「那隻狗，似乎是被丟在那裡，故意讓牠餓死。」

他轉身查看。一隻身上四處有斑點的狗看著他們的車。

「有頸圈，是有主人的狗。」

「那還是太瘦了，分明是要餓死牠才丟在那裡。」

她毫不遲疑地走出車外，他也跟著下車。她上半身伸入車後座，在休息站中買來裝滿零食的袋子中翻找，拿出天下壯士牌香腸。她拿著香腸走向斑點狗，附近一棟房子都沒有，加油站後方是茂密的樹林，連車輛都很少經過的國道路邊。斑點狗警戒地看著他們，一邊往後退，同時張口露出牙齒。

「看起來肚子不餓。」

「不是，是害怕我們才會這樣。」

妻子一副很了解斑點狗心理的模樣。她遞出香腸，但小狗沒向前靠近，眼神充滿警戒，低沉地嗚咽，鐵鍊在地上拖行發出驚悚的聲響。她更進一步靠近。

「可能會咬你，不要靠近，用丟的。」

「沒關係，不會咬人的。」

斑點狗觀察妻子一陣子，終於咬住她遞出的香腸吃。整個身體和腳稱得上脂肪的，一公克都不到。她說：

「帶走嗎？」

「牠嗎？要養在哪裡？我們又沒有院子。」

「客廳。」

「太悶了，不行。不是綁著鐵鍊嗎？帶走的話，狗主人搞不好會報警。」

「太瘦了。」

她勉強移動依依不捨的腳步，坐上車，由他開車。她滿臉不悅坐著，車子一出發就長嘆一口氣。在他駕駛途中，她開始抽泣起來。他一開始想妻子不會得了憂鬱症吧，到底為什麼？她完成了夢想，在穩定的職場工作得好好的，準時下班回家，晚餐點外送吃，吃完就躺在沙發上一直看新聞、連續劇和綜藝節目，然後上床睡覺，這種生活哪有憂鬱症立足之地？他以眼角餘光看著妻子。

「小狗會死在那裡，會餓死的。」

「也有可能只是不長肉的狗。」

「怎麼這麼無情？真的是作家嗎？」

「該不會誤以為作家都同情心氾濫吧？不是，大家都是依自己的個性生活。」
「那隻狗很快就會死掉。」
「也有可能不是那種情況，是我們誤會了。」
他們抵達柱狀節理村，停好車後下車。她的眼妝暈開，眼眶變黑。沿著步道前進，可以俯瞰大海和柱狀節理。柱狀節理比想像中巨大，五千萬年前噴發的熔岩變成巨大柱狀體，完整地呈現。人類之手無法創造的石柱規模，以垂直方式像長條麥芽糖一般延伸的景觀。
「可以看見五千萬年前的熔岩本身就很驚人，看了覺得人類真是渺小的存在。」
她瞪著他說：
「顯而易見的感想，該不會文章也這麼寫的吧？」
「為什麼這麼有攻擊性啊？因為小狗才這樣嗎？」
她沒回答。
「去帶來？」
她轉頭看他，雙眼閃閃發光。
「沒有可以養的地方，真的想這麼做嗎？」
「放著不管會餓死的。」

「通報不就好了，虐待動物。」

「那有點模稜兩可。」

她承認是模稜兩可的狀況，但還是想把狗帶走。他雖然覺得明顯不妥，還是坐上車，開回國道邊的加油站。小狗在原來的地方，似乎認出他們，沒有嗚咽、沒有往後退，但也沒搖尾巴跟著他們。

「必須有鐵鍊剪。」

她沒回話，大步向前走，輕鬆解開頸圈上連結的掛環，他趕忙說：

「看吧，頸圈完全沒有生銹，狗主人每天帶來這裡，是養在這裡的。」

「看看有沒有監視器。」

他一邊抱怨，一邊查看。沒有任何監視器，也沒有車輛經過。小狗欣然跳上後座，神奇的是，他扣上安全帶、啟動出發的那一刻，小狗臉上的表情明顯變得舒坦。她輕拍小狗的頭說：

「看來是在等我們呀。」

「太衝動了，主人說不定會報案。」

「要報案就去吧，任何人看了這模樣都會認為是虐待動物。太瘦了。」

小狗沒發出任何聲音，似乎以這個方式來傳達他們的選擇是對的。

他光是想像不回首爾，而在慶州定居，就足以心旌搖曳，心臟愉悅地跳動，不禁以鼻音哼歌。

小狗閉上眼睛安靜地趴在後座，彷彿一開始就和他們一起從首爾來的模樣，一副慶州不是牠出身地，毫不在乎的表情。這隻難看的小狗令他驚嘆，這個全身都是深褐色的斑點，乍看下像鬆狗的傢伙，是懂得抓住機會的小子。

「要取什麼名字？」

對這個問題，妻子馬上回道：

「慶州。」

她一看到慶州就說：

「這麼難看的狗，生平第一次看見。」

跳上沙發坐著的慶州啪啪搖尾巴。

她問媳婦什麼時候才想生小孩，從他們結婚那天起一忍再忍，如今到了開口問的時刻，此時登場的小狗並不受歡迎。在她想法中，兒子和媳婦看起來完全不想生小孩，現在又收養難看且瘦巴巴的狗。

「沒人抗議太吵嗎？」

媳婦趕緊回答婆婆的問題：

「牠一次都沒叫過，帶去散步時也安靜走著。」

「我到目前也一次都沒聽到過叫聲。」

兒子的話讓她皺起眉頭。以新春文藝登上文壇的兒子，和她預期相反，沒能成為知名人士。她原本以為去書店的話，可以看到兒子的書陳列在最顯眼的角落。真該死！她沒告訴兒子，她每兩週會去書店一趟，在韓國小說陳列區逛逛，已然成為興趣。從兒子出道那一年開始，已經七個年頭。現在已到了厭倦的時刻，只是腳步仍跟隨已然熟悉的路徑。她對韓國小說的了解，不知不覺已經超越兒子，即使只讀個一兩頁，也能看出有名的作家、壓根沒有希望的作家、前景看好的作家，儼然培養出分辨的眼光。（勤勞不懈分析七年，自然做得到。）曾經讓她讀一兩頁，說出「這就對了」的作家，會長期占據展示台中最顯眼的位置。現在光看書名，就能知道將會賣得好或不好的程度。她祕密進行這些活動，兒子仍然以為媽媽的嗜好是種豆芽菜和玩花牌。她目不轉睛看著慶州，嘆一口氣。

「沒好好餵飯嗎？為什麼這麼瘦巴巴？」

「很奇怪就是不長肉，婆婆，好像吃東西也不長肉。」

「不知道有多挑嘴，只喜歡吃牛肉。」

她凝視一臉天真說這句話的兒子。儘管如此，如果要說她對什麼感到慶幸，那是兒子即使在紫菜飯捲店廚房工作，似乎並沒對自己的處境太悲觀這件事。兒子的臉完全不黯淡，雖然曾經有那樣的時刻，現在卻經常可以聽到廚房裡傳來哼歌聲，似乎開始能享受工作。儘管以前辣炒豬肉裡的洋蔥一直沒炒好，總是端出濕潤的料理，但現在熱炒也很像樣，維持好吃的色澤和適當的油分。更重要的是，曾經起伏不定的味道，現在幾乎任何時候都一樣。

「還餵狗吃牛肉？真有錢。」

「只有一次。」

「你們何時才生小孩？」

媳婦的臉瞬間僵硬，兒子的臉則是什麼想法都沒有。

「也有年紀了，公務員有育嬰假，生孩子也沒關係。」

她雖然不是強力勸說，努力想讓建議聽起來溫和，但語氣卻和媳婦的臉一樣變得硬梆梆。上星期和親家母在東廟的刀削麵店見面，親家母搶先詢問什麼時候可以抱孫子，她只能笑一笑。時候到了就會生吧，她盡量從容地應對。不知情的人看了，可能以為她是女方的媽媽。

「媽，我有無精子症，幾乎沒有精子。」

她死盯著兒子的臉，這孩子現在是在說什麼。

「幾個月前做了檢查，說不到二十個，那種程度幾乎可以視為沒有。所以，以後別再提這件事了。」

媳婦的臉瞬間緋紅，眼眶也變得濕潤。她原本以為兒子在開奇怪的玩笑，看了媳婦的表情才想不會是真的吧，我兒子幾乎沒有精子？真該死。到目前為止不知道吃了多少條紫菜飯捲，飯捲剩下的材料也吃了，營養應該不會不夠才是。每年初夏和初冬都熬好幾個小時的大骨湯，從小開始逼他吃綜合維他命。這是什麼話！她眨了眨凹陷無神的雙眼。

「我們自己生活也沒關係，像現在這樣就好。」

媳婦似乎是淚水忍到不能再忍，進去房間裡。

她記不得怎麼回到家。一走進房間、拿出被子，就臥倒在上面。口紅沒擦掉、外套也沒脫。這到底是怎麼回事，以後有什麼臉見親家母。親家母在刀削麵店對她說的那些話，難道是為了試探她知不知情才說的？

—「練習過了？」

妻子這麼問他。她不久前換了睡衣，在他身旁坐下。慶州的下巴靠在前腳上趴著，他出神地看著電視新聞。自從把慶州偷回家，他經常想會不會出現拍到他們的監視畫面，公開通緝「盜狗夫婦」。

「為什麼對媽那麼說？」

「不想生，不是嗎？」

「為什麼這麼想呢？」

「因為沒有做。」

「只是沒有性慾，不是討厭你。」

「我也是，和你一樣。」

「就算這樣，至少必須生一個吧？」

「如果你這麼想的話，我不會反對，但生了小孩，就不能繼續點外送食物來吃，做得到嗎？」

「不能，沒信心。」

她立即回答，然後移到沙發下，把慶州的脖子拉過來後抱住。慶州一邊流口水，一邊啪啪搖尾巴。

「這孩子是不是聲帶有問題呀？為什麼從來沒叫過？」

「帶去醫院看看不就得了。」

他凝視妻子圓圓的後腦勺說。他突然對妻子的短髮造型感到陌生，以前總是堅持長直髮，不知道從何時開始就不花心思在穿著打扮上。戀情似乎徹底整理好，不對，應該說是外遇才對。說不定自己才是妻子說過的多邊戀，有非獨占多邊戀可能性的人，心裡產生這樣的想法。不是吧，你只是不像以前那麼愛妻子而已。

「因為我認為你不會說謊，倒是面不改色這一點很擅長。」

他第一次對妻子的外遇感到好奇。妻子那發生在錯誤時間點的愛情，他毫不關心，就自動消失了。

「那麼，怎麼認識的。」

「喝酒的時候。」

「在酒店？」

「布帳馬車[28]的隔壁桌。」

「很老套耶。」

「連續劇裡看起來如此，但現實中很刺激。」

「誰先搭話的？」

「對方。」

「說了什麼？」
「那個雞胗不吃的話給他。」
「該不會覺得這種話有魅力吧？」
「很意外，要我吃剩的東西。這個男人說不做作也太不做作了，就是這麼一回事。還有，比我年輕，也比你年輕。」
「年輕人不知道害臊吧，吃了很多苦？」
「了解後好像是那樣。」
「是同情心？」
「長得很帥，個子又高。」
「結論是外表？」
「嗯，所以結束了呀。」
他認同妻子的說法，感覺上和妻子更靠近。是那種萬一他有外遇對象，會毫不猶豫坦白的程度。
「詳細說給你聽？要寫成小說？」
「不，不寫那樣的內容。」

———

28 路邊的小型帳篷餐車或路邊攤，主要提供各種受歡迎的小吃。

「也是，別寫，太老套。」

妻子突然貼坐在他身邊，輕撫他的頭髮。

「你怎麼會這麼善良呢？真了不起，要是我的話會想殺了你。」

「不是善良，是沒那麼愛你吧？」

妻子就好像聽到什麼不得了的笑話一樣，笑到彎腰。

9

—約翰·凱吉沒有上過戰場。他父親是發明家，在潛水艇開發失敗後仍然研究其他武器。他要幫父親尋找研究材料，經常出入圖書館。正因以父親的助理研究員身分工作，他才能夠避開參戰。萬一當初他上戰場，日後或許不是選擇音樂而是小說也說不定，就像他朋友約翰·史坦貝克那樣。那麼，凱吉如今所成就的一切，聲音變形的樂器和寂靜的音樂等這類實驗音樂的發展，或許就不會存在。

李起同寫到這裡停下筆。他以簡短的段落撰寫約翰·凱吉的人生，只能選擇這種方式是有原因的。寫長篇小說需要花很多時間，而他一整天大部分時間必須待在廚房，若是簡短的段落，只要他有空檔，就能把筆電放在置物架上，站著敲打鍵盤。那個聲音和菜刀敲打砧板相比，更快速且輕盈，充滿了生氣。

—他是一個畫面上比本人好看的男人，寬闊的肩膀、協調的五官、隱約的笑容。曾經手拿熨斗申請參與演奏會的主婦，失了魂地看著他，她們這麼想的：

噢，只要不這麼瘋癲，還真算得上不錯的男人。

凱吉在聽眾的爆笑中若無其事地開始音樂演奏。即使他試圖看起來認真，卻將令人無法認真看待的那些花花綠綠魚布偶放在琴弦上面，並且開始演奏。（就好像說這是「玩笑」的信號。）以打擊樂為背景音樂，他忙碌地行動，正式開始。放鞭炮，稍微釋放壓力鍋的蒸氣，把澡盆中的水移走，把花瓶放在澡盆中，給花澆水，在杯子中放冰塊、往那個杯子倒酒，逐一拍打放在桌上的家電，一口氣按壓鋼琴鍵、推開琴蓋發出聲響，把冰塊倒入攪拌機，不時去按壓橡皮鴨玩偶的肚子。聽眾在他放鞭炮時第一次笑出來，按壓鍵盤發出咣聲，還有用鍋蓋盛裝澡盆中水故意發出響亮聲音時，都大聲地笑著。最後，他將桌上的電子用品一個個推倒掉落地上，接著用力敲擊琴鍵，在堵住壓力鍋的蒸氣中結束演奏。聽眾們也幾乎快要喘不過氣。

—李起同從知名的獨立書局名單中挑選，向那些地方投稿，但是一封回覆都沒收到。他並不知道，在他之前有一長串的作家在等候這個事實。他感到挫折，手提包裡放了二十本B5大小騎馬釘裝訂的《你的四分三十三秒》，無止盡地四處遊蕩，最後在一個冷清的巷子裡發現某棟建物的地下室有間小書店。他在入口前猶豫了三十分鐘，終於走下樓梯。然而，書店門關著，上面貼著一張很小的告示。

「這段時間很感謝，再見。」

一等嗤之以鼻。

「最近這種時代誰開書店啊？」

他接手關門的地下書店。正確來說，空蕩的地下室雖然簽定兩年的契約，老闆以書店經營著卻銷聲匿跡。不動產仲介說，不知道是印度、尼泊爾，還是喜馬拉雅山，反正是離開去了某個地方，沒有退還作家寄賣進的書籍就一走了之，作家有多鬱悶都沒法說。

「還說我該把書找回來，用什麼方法找？啊？又沒有運費，拿了書躲起來的人，我要用什麼方法找？」

李起同維持苦澀的表情。竟然拿著別人的書去了印度、尼泊爾，還是喜馬拉雅山呀；由於是往好的方面想，就當作是那樣吧。事實上，應該是扔在某個地方。有可能移民了，那麼更不得不這麼想。仲介告訴他，如果在這裡開書店，那些先前沒能拿回書的作家們會為了書而來。仲介想了好一會兒才想起所謂的「作家們」，口中說著這個詞，卻始終難以相信的模樣。那些所謂的作家到底是做什麼的？仲介即使知道他寫小說，還是問了這個問題。他只是苦笑，什麼都沒回答，因為不認為有必要回答。不會看眼色的仲介再次問：

「有可以寫的嗎？啊？因為我真的很好奇，不知道可以寫什麼。」

「像這樣的對話都寫下來。」

「寫什麼啊？現在和我說的這種話？」

「對，這種話都寫。」

「是像日記嗎？」

他無意詳細解釋，只是敷衍地點頭。

「啊，日記，我爸爸寫了很久很久的日記。留下來有二十本吧，不是有那種很厚的西洋紙日記本嗎？知道那種本子嗎？用那種本子寫的日記留下來二十多本，死前留下的遺言是全部燒掉。那是要我怎麼辦？」

「燒掉了嗎？」

「放在書架上。封面是硬殼的，燒的話味道會很重，又是住公寓，哪有地方燒那些東西。喝酒後偶爾會拿來看，很有意思。比一般的小說還好，因為寫到很多我的事。」

「老闆您小時候的事嗎？」

「對，年紀大了的也有。我開始做這個工作的事也有寫到，說選擇了和自己個性不符的工作。」

「您看起來很適合這份工作。」

「做著做著就變成這樣，原本不是這種個性。但是，這似乎變成優點，因為寧可把物件放著也不會信口開河，所以客人會來，可以吃飯生活。客人若是要找不用權利金的店，我只會給他們看那一型，不會推銷別的。為什麼這麼做？不久前有客人來問是否有不需要權利金的店，我只給他看一間，沒給他看別的。但是，要做生意的話，撇開要不要權利金，還是必須有一點人潮，這裡人潮太少了，不管是書店還是算命店都不會成。樓上的照相館也沒辦法交房租，靠著要拿回權利金撐著。前面的超商也有繳權利金三千萬，自從車站前開了大型超市後幾乎沒有客人上門。」

李起同只是聽他說話，仲介的長篇大論結束後，他毫不猶豫地在契約書上蓋章，仲介嘆一口氣說：

「既然簽約了，我想生意會好的。」

他回答我知道了。然後想到自己從現在開始陷入必須賣書的處境，被這個事實嚇了一大跳。

第一個客人是他妻子。她慢慢環顧店面，毫不猶豫地拿起書看。一位原本是廚師的作家去捷克旅行回來後，出版的寫真書。書內雖然也有簡短的散文，是大約三十分鐘就能看完的寫真書。妻子花一萬五千圓買下。他的書看都沒看一眼，他心裡感到傷心。《你的四分三十三秒》她沒看任何一行，難道不知道是我寫的嗎？她經過那本書，眼神連片刻都沒停留。

她在店裡時，沒跟他說任何話，即使店裡沒有其他客人。妻子離開後，他環顧空無一人的空間，想起媽媽的紫菜飯捲店廚房。不是想念那裡，反而是一種近乎奇妙的感覺。忙著拿各種油品和醬料，吶喊和呼叫此起彼落，地板總是浸泡在潮濕中。他離開那裡，現在獨自在這洞穴一般，冷清、空蕩又安靜的書店。

開幕第一天的客人只有妻子。他到裝飾壁後面的折疊床上躺下，盡情延展四肢、伸懶腰。結果一本書都沒賣出去，妻子不能算是客人。明天或許也是如此，後天或許也是如此，一週內或許一直如此，一個月或許一直都會如此。那麼，第一個月的房租繳不出，第二個月的房租繳不出，第三個月的房租果然也是如此。

他猛然從床上起身。已經過了營業時間，但他急忙揉揉眼睛，打開店門。一等正站在門前，提高手中裝滿啤酒的塑膠袋。語調自信地問：

「一本都沒賣出去吧？」

——凱吉自由奔放的音樂精神像傳染病一樣擴散開來。時間是一九六三年，激浪派宣言發表後，喬治·馬修納斯在激浪派大賽中指揮《危機音樂》。凱吉在激浪派運動中稱得上是核心人物，只是當時他並沒沉浸在這樣的思考中。他看見將小提琴在地上拖行的白南準時，想的是：

沒錯，這也是一種音樂。

—《變奏曲七》是凱吉所有公演中截至目前規模最大的企畫，他和紐約時代廣場的記者室、旅館、餐廳、發電廠、遺棄犬保護中心、康寧漢的工作室連絡，希望能透過電話線和電磁拾音裝置，將對方那裡的聲音傳送到演奏場的擴音器。大家都很爽快地答應，但他覺得光是收集紐約區域的聲音還不夠，因此在舞台的工作台上放了烤麵包機、電風扇和碎紙機等等。

人們為什麼不認為所有聲音都是音樂呢？為什麼將聲音根據等級分成噪音和音樂呢？上一代堅定支持的古典音樂，所有人為之瘋狂的搖滾樂團，貓王艾維斯·普里斯萊讓凱吉猛搖頭。（那傢伙是問題的根源呀。）當然他們是在進行自己所相信的藝術活動，即使做的類型和自己完全不同，也必須認同。然而，這些想法在他登上舞台的瞬間消失無蹤，他對於什麼事會遭到台下觀眾指手畫腳或輕視，什麼事能引起觀眾狂熱，了然於心。但不是知道就能改變，他是約翰·凱吉，在死之前都無法從約翰·凱吉抽離，也不想抽離。他依序將烤麵包機和攪拌機推到地上，主婦們發出驚嘆，天啊，把好端端的東西砸個粉碎。同時又感受到她們無從得知的喜悅，很好，徹底破壞！

和凱吉一起進行表演的工作同仁拍拍他肩膀，然後指著他長褲下襬，著火了，強烈的照明引起火花。凱吉毫不驚訝地說：

「對耶，著火了，所以呢？」

凱吉只是微笑，工作同仁揮動夾克將火熄滅。凱吉彷彿什麼事都沒發生，沉浸在演出中。

—李起同雖然不想那麼做，仍一直偷看客人的臉。一天中大概會有兩三名客人上門，這還算多的。每當客人來到，他會在櫃台坐著、站起來、莫名奇妙假裝整理桌上，坐立不安，客人看他的眼神也顯露不自在。他在兩個月裡瘦了將近七公斤，租金的壓力和慢跑的雙重效果所造成。曾經不需要跑步的他，在沒有客人的上午和傍晚經常出去慢跑，贅肉開始以極快的速度消失。在廚房工作時，會將剩下的材料通通丟進湯鍋煮來吃，雜菜湯的卡路里比想像中高，在下腹部留下厚厚的脂肪。現在那些脂肪全部消失，瘦下來讓他的臉一下子變老，和年紀比他大的妻子以及同齡的一等相比，看起來比他們老十歲。妻子每個月來店裡一次，給他一半的店租後回家，他從自己的存款提出另一半房租，再匯到屋主帳戶。租金隱藏了內幕和緣由，簡單又迅速地轉移。屋主從未露臉，當初他說要經營書店時也只是短暫地沉默，目不轉睛看著他，然後發出苦笑。問他關於之前租客的事，他說自己什麼都不知道。和仲介所說的不一樣，沒有作家找上門要求還書，或許他們已經投入其他工作。獨立書店的流行正在消逝，至少他感覺如此。不知道是不是因為和四五年前相比，獨立書店暴增十倍，還是因為現在人們的注意力已經轉移到別的地方去。

營業四個月後某一天，他第一次和客人長時間聊天。她看起來年紀比他小很多，表明自己想當小說家。她手上拿的小說接近科幻童話，明顯透露所謂的星新一風格，沒有刻意隱藏的意思。她的目標很單純：

「寫一千篇星新一那種微型小說是我的目標，在那之前我不打算寫其他類型的文章。」

「近來人們不閱讀，寫那種簡短的小說似乎是好主意，可能會賣得好。」

他想盡量給予鼓勵才這麼說，她卻搖頭反駁：

「我知道現在書之類的沒什麼人會看，也不會買。但是，某個地方會有和我類似的人存在，那個人看了我的小說，或許會像找到同志一樣高興也說不定。我就是找不到同志，才會到這裡來。」

他眼神激動地點點頭，聽起來彷彿他就是她的同志。她說話時臉沒發紅，也沒逃避他的視線，對他沒有任何異性的興趣。（把他視為自己的叔叔。）他也意識到這樣的事實，可以放鬆心情和她對話。店裡的客人百分之九十是年輕女性，在她們眼中他年紀比實際上多十五歲，每當這種時候他也不否認。她們對他傾訴自己文學上的煩惱，以及人生的煩惱。然後會突然問他到底拿什麼付月租，接著一起思考琢磨如何提高銷售。

「請賣咖啡。」

「賣馬卡龍如何呢？大家都喜歡馬卡龍。」

他從來沒吃過馬卡龍，這句話讓大家露出驚訝的表情。怎麼可能！他開書店，不是開排列文化商品的麵包店或咖啡店，他對這點很固執。客人能理解他的固執，她們也討厭自己珍惜的著作沾上麵包屑。他說書店裡不應該飄散咖啡或麵包香氣，應該是書的香氣。但是，他的固執沒持續太久，終究開始賣咖啡，開店一年後也開始賣啤酒。沒有人批評他的轉變。少數常客比起咖啡，啤酒喝得更多。他守在櫃台位子上喝開水。他的鬍子又亂又長，看起來年紀更大，「青春」之類的氣息再也沒有蛛絲馬跡。他和洞穴一般的書店正融為一體。店中陳列的書籍，比起客人更常看到老闆的臉，那些書一如他的內臟。他對書賣不出去很自責，也埋怨那些只來寄賣自己的書，沒買其他作家作品就離開的作家。遲遲才開始接觸的社群通訊網絡不符合自己的個性，遭受很大的壓力。他光是寫一行字也要徹底遵循文法和空格，結果寫下的句子很僵硬，感覺就像公文書。那裡沒有書店老闆發想的道理或高尚的品味，也沒有關於人生的坦率省察這一類內容，那樣的話他只寫在日記裡，不會放在所有人都能看見的地方。平淡又沒有個性，某個充滿酒氣的女客人對他的店如此評論。走路回家的路上她突然在書店階梯上嘔吐，為了告訴他而搖搖晃晃下樓，大聲呼喚他。他出去收拾好後回到櫃台，對著牆壁大聲發火。

—一九六八年到臨，凱吉靜觀其變。他沒揮舞旗幟或筆桿讓自己成為革命的主體，他從很久以前就那麼生活過來，沒必要重新武裝（或登場）。很久以前他已經出版書籍，想說的話幾乎都包含在內。

—李起同屏住呼吸，視線固定在男子的手上。他拿起李起同寫的書，先是快速翻閱，然後翻回第一章開始閱讀。李起同一邊假裝在打掃櫃台，一邊觀察他。他一動也不動專注閱讀。李起同全身發癢、心臟怦怦跳，甚至頭痛。對他的書感興趣的第一號客人出現了。然而，男子在十分鐘後把書放下，沒買任何書就離開。

不動產租約還剩五個月，李起同開始做心理準備。一等有一天到店裡來說：

「讓你這樣的人聚在一起如何呢？」

「什麼意思？」

「應該有像你這種出道後不順利，沒辦法出道但認為自己是作家，在徵文獎中落選的人也很多吧。那麼，把這些人的作品全部集合起來如何呢？」

「為什麼要集合那些作品？」

「寫一篇長篇很費心力吧？沒得獎的話，不就被埋沒了。」

「當然如此。」

「才不是理所當然。」

一等砰一聲放下手中的啤酒杯說：

「認為理所當然的話可不行，從現在開始嘗試變成為那些人而存在的空間，你，這裡。」

誰都不來的可能性很大，但不嘗試就不會知道。更重要的是，不嘗試就不會後悔。李起同最近迷上了嘗試事情然後後悔，甚至覺得那才是人生普遍的面貌。

第二天李起同在個人社交軟體帳號和部落格上傳公告。主旨是要將長篇小說徵文獎中的落選作品集合起來展示，請有意願的人一起參與。不是要閱讀落選作品並且討論為何落選，而是給予展示機會。最後還加上了安靜閱讀並且暗中點頭的補充說明。半天過去沒有任何回應，到了傍晚才開始陸續有留言，十天總共有七則留言。

李起同為六本書安排展示位置。總共有六人表達想公開落選作品，目的不是販賣而是展示，但也有一人希望販賣，定價是三千圓。兩百字的稿紙將近一千兩百張，光是印刷和裝訂就花不少錢，但對方說三千圓已經足夠。李起同說不會收手續費。

最早來的人就是定價三千圓。讓李起同驚訝的是，對方就是先前特意拿起他的書閱讀的男子。李起同原本想和他打招呼，最後忍住了，像第一次見面的人一樣行動。即使如此，心裡並不知道自己為什麼這麼做。對方的舉止果然也像第一次來一樣，端詳他的表情，也是一臉不知道自己為什麼如此的模樣。李起同把男子的書放在第一個位置，他沒要求更換，凝視自己的書擺放到平台上。男子問：

「請問您今年有投稿徵文獎嗎？」

「沒有，沒有投。」

「我每年都會修改然後投稿，每年都落選。」

「每年都是同一件作品嗎？」

「已經寫了十年吧，因此不能輕易放棄，我父母是這麼說的。」

李起同心想一定要看他寫的書。

第二位客人來了。三十五歲的上班族，她自己決定書的位置，最後面的地方。她點了啤酒，到遠遠的位子坐下小口啜飲，視線始終不離她的書。每當有人碰那本書，她就發出足以觸電的強力眼神，裡面會有對方想看的內容吧。李起同決定等她離開後一定要看那本書。

第三位客人來了。像小魚乾一樣削瘦的五十多歲男子，頭髮上布滿頭皮屑。男子幾乎是把書拋擲給李起同，沒看書擺放在哪裡，就去瀏覽其他書籍。男子點了義式濃咖啡，坐在角落裡拿出小筆記本。男子沒和李起同搭話，也沒看向當時仍守在店裡的其他作者，拿出慕那美牌原子筆在小筆記本上用心書寫。男子出現後，店裡四個人陷入尷尬的沉默。李起同雖然想和男子說話，卻做不到。男子帶來的書，狀態甚至連樣本書都說不上，翻開第一章，以紅筆修改錯字的痕跡保持原狀。看起來不是完成版，而是錯拿原本放在家裡留底的修正版。

第四位客人來了，是最後的作者，另外兩人傳來突然有事的道歉訊息，李起同告訴他們空手來也沒關係，兩人沒有回覆。第四位是男大學生，幸好話很多，沒問李起同問題，自己說個不停。大約八百張稿紙的小說，兩個星期就寫好了。聲音很宏亮，看起來完全不在意別人怎麼看他。他說與其當世界所知道的庸才，想成為世界所不知道的天才，又加上一句因為自己的作品非常有顛覆性，閱讀上可能會有困難。李起同在他離開後，翻開書的第一章就覺得暈眩，文句中完全沒有空格，當然是有意這麼做，但又不是巴布·狄倫，不能這麼寫文章吧？

李起同在所有人離開後，翻開落選作品思考。第一章開始就很無聊，我的小說也這樣。這本值得一看。三十五歲女子拿來的書很有意思。所有人在走出書店時都邁不開腳步，表情依依不捨。果不其然，五十多歲的男子第二天早上七點用力敲門，把他吵醒，禍根顯然是他昨天對客人說自己吃住都在店裡解決。男子二話不說就進到店裡，看都沒看李起同一眼就拿起平台上自己的小說並抱在懷裡，瞬間露出放心的表情。

「對不起，這個我要拿回去，昨天晚上都沒睡，還沒有人看過吧？」

「沒有，十一點才開店。」

「太好了，我拿走了，對不起。我先前沒想到可能會有人盜用，那是相當可能發生的事，您對這一點想過因應對策嗎？」

李起同無法回答。有人、搞不好、會那麼做也說不定。但是，如果這麼想，這種展示本身就不可行。雖然透過個人出版平台可以取得書號，但會有人想複製落選作品嗎？

男子離開後，李起同整個下午都在等客人上門，又累又無聊，於是為平台上擺放的三部落選作品貼上便條紙。「撰稿十年，再度修改後明年也會投稿挑戰，顯示堅定抱負的作家！」「利用上班空檔寫的小說，每當想殺了主管就寫小說紓解壓力的作家，因此這本小說免不了成為有幾個人被殺死，推理謎團的作品！」「兩週內完成的小說，作者主張推敲文字會扼殺小說的生動感，有人同意作者的想法嗎？」他把最後的便條紙揉掉，「兩週內完成的小說，如果不破壞現狀，就不是新型態的小說。」

「書店要續約嗎？」

他沒回答妻子的問題。他持續召募落選作品，現在店裡擺放的大多數是落選作品，幾乎都是非賣品。但是，客人比以前稍微多了一些。他們會翻閱落選作、點咖啡喝後再離開。他正苦惱要延長契約或者就此結束。他的小說當然也在店裡，雖然沒有任何人買過，連拿起來翻閱的人也屈指可數。結束營業形同埋葬他的小說和那些可憐的落選作品，是無情的舉動。他即使知道該怎麼做比較好，還是表現出徬徨猶豫。

他很慚愧。自己到目前為止的人生，濃縮在一本書裡但沒有人看，正擺在他眼前的人生。但是，偶爾也感到幸福，每當看著把落選作品交給他後離去者的背影。所有書，無論寫得好或不好，都必須保留判斷，可以在某處被公開，讓任何人都有機會閱讀。人生雖然看似一點都不公平，他想創造能正面反駁這種人生的空間。這麼一來，書店必須維持。他把咖啡價格提高三百圓，啤酒價格提高五百圓，並且寫下漲價的理由，很誠實地，是不想讓這空間消失，不得不做的選擇。有幾位客人以前就說過定價太便宜，回應本來就應該收這價格，給予強烈的支持。

在店裡展示落選作品的作家，到店裡的情況可分為兩個極端。或者一週來一次、蓋上出席圖章，或者乾脆不來。李起同為了給予落選作品公平的機會，每週會變換書擺放的位置。沒有任何人不滿意位置，或者要求改變輪替方式而抗議。他們一開始會躊躇，然後開始讀其他人的作品。就好像隔壁鄰居家非常疼愛著飼養，結果被車子壓死的狗屍體一樣捧在懷裡，以悲傷的表情和鄭重的手勢對待。他們或是小聲嘆氣，或是一動也不動沉浸在作品中，或是快速翻閱頁面，或是闔上最後一章看著空中發呆。他原本預期會有人區分得獎作品和落選作品之優劣，結果並沒有發生，誰都不關心這事。雖然有可能因為事情已然過去，現在才來議論看起來就像充滿計算，幼稚又笨拙的行動，但他們從來不曾說出對得獎作品的評論，反而會在落選作品的封面加上便利貼：「越到後半部越難投入，修改後半部的話，應該會成為好小說。愛好者敬上。」「第八十九頁有錯字，還有和其他章節相比，第一章可讀性較低，試著改變位置如何，依照時間順序會比較好。管很寬的讀者敬上。」「哇，不知道時間怎麼流逝地閱讀了，雖然缺點是死掉的人物太多。請投稿類型小說徵文獎，一定能進入決賽。無名氏敬上。」「讀到一半把書闔起來，因為太悲傷再也看不下去，太悲傷了，要如此悲傷地展開和鋪陳的理由是什麼呢？改寫成連續劇劇本，投給連續劇徵選獎如何。和不久前播映完盧熙京作家的連續劇很類似。我看了那部連續劇一直哭。淚腺噴發女敬上。」

李起同續約書店，屋主看起來有點驚訝。仲介業者當面問他：

「那個，要賣書？」

—李起同的綽號是章魚，是「落選作品之父」的簡稱諧音[29]。他書店裡展示的落選作品逐漸增加，翻閱落選作品的只有落選者而已。他很滿足，他認為不可能擁有比章魚更帥氣的別名了。

妻子希望離婚，兩人都是沒有任何感情殘留的狀態，平心靜氣地進行離婚程序。離婚後她也經常到書店來。過沒多久，他們都領悟到自己的決定真的很明智。她把慶州送給他作為離婚禮物，但慶州討厭地下書店，一有機會就想逃到樓上。他只好把書店搬移到同棟建築的一樓，面積只有原來的三分之一，他則搬回媽媽家住。慶州在書店出入門旁邊坐著，觀看往來的人群，後來也有為了看慶州而到書店的常客。

書店在午後稍晚才開店，他早上到午餐時間在媽媽的紫菜飯捲店廚房工作。對兒子的人生，媽媽看起來再也沒有期待，酒增加、話減少，母子的表情平穩到了極點。

———

29 「落選作品之父」的韓文，頭尾兩字合起來正好和「章魚」同音。

—他可以完美演奏約翰．凱吉的〈四分三十三秒〉。在寂靜中，泰然自若，就像和慶州一起散步的安靜夜晚一樣。就像慶州的腳步聲和他的腳步聲，在夜晚的重力中消失的瞬間一樣。在路燈處轉彎，他一揮手慶州就猛搖尾巴。他等待路燈熄滅的瞬間。

—即使什麼聲音都沒聽到，闔上鋼琴蓋時觀眾之中會有幾個人拍手的。他雖然無法保證一定會是那樣，無論如何，他進行了演奏，而演奏已經完成。

後記

李起同形同我的分身。我在獲選二〇一四年新春文藝獎後，沒有任何邀稿，曾經苦悶到想要放棄寫小說。對於那些問我什麼時候才出書的人，心裡很怨恨；面對絕口不提這問題的人，經常感佩他們的耐心。我在寫這本小說時，從中得到許多助益的《寂靜：約翰．凱吉的演講與寫作》一書中，約翰．凱吉這麼說：

「寫一首曲子，並不能成就任何事情。」

或許，寫出一本長篇小說，本來就不會有任何改變。我仍然在絕望和希望之間來來去去，不時聽見別人問我，到底為什麼要持續進行無聲的演奏。即便如此，我現在明白了，在我們的人生中，大多數音樂都是在寂靜中演奏。試著側耳聆聽，會發現不是完全沒有聲音。因此，我總是回到寫小說這件事情上。

這本小說中描述的約翰．凱吉，有許多並非他真實的人生故事。約翰．凱吉的妻子葛瑞絲是虛構人物，父親也並未製造玩具。大部分故事來自於想像力，然而，若是沒有上述提到的《寂靜》那本書，我絕對連嘗試的念頭都不會有。（感謝那本書的譯者，翻譯這麼一本難以理解的書，必須經歷的煩惱與孤獨歷歷如繪。）

如同約翰．凱吉在音樂領域之外尋找音樂，李起同也試圖在文學領域之外尋找文學。這本小說中的引言裡雖然寫到李起同決心變成約翰．凱吉，事實上，他不是變成約翰．凱吉這個人，而是變成約翰．凱吉的〈四分三十三秒〉。

有無數的李起同在某個地方生活，正辛苦地演奏無聲的〈四分三十三秒〉，這毫無疑問。我當然也是如此。我曾經想過不會有任何人聽見我的演奏，令我訝異的是，選擇這本小說的四位評審老師聽見了。因此我要再三叮囑，請持續那辛苦的演奏，必然會有人聽見你的演奏，那甚至連你的雙耳都沒聽到的演奏。這本書是為這樣的你而寫的。

二〇二〇年夏

李書修

參考資料

赫曼·赫塞（Hermann Hesse），《車輪下》（*Unterm Rad*）

安德烈·布勒東（André Breton），《娜嘉》（*Nadja*）

約翰·凱吉（John Cage），《寂靜：約翰·凱吉的演講與寫作》（*Silence: Lectures and Writings*）

전선자·김진호·조정환，《激浪派藝術革命》（플럭서스 예술혁명）

理查·科斯特拉內茨（Richard Kostelanetz），《與凱吉對話》（*Conversing with Cage*）

愛德華·勒維（Edouard Levé），《自畫像》（*Autoportrait*）

傑克·凱魯亞克（Jack Kerouac），《達摩流浪者》（*The Dharma Bums*）

（韓國）國立現代美術館，「藝術與技術的實驗（E. A.T）：與其他新作」展覽，展期 2018.5.26.~9.16

서동일導演紀錄片，《핑크 팰리스》（Pink Palace）

你的 4 分 33 秒
당신의 4 분 33 초

作者｜李書修 이서수
翻譯｜謝麗玲
校訂｜梁如幸
編輯｜劉霽
美術設計｜反覆分心

出版｜一人出版社
地址｜臺北市南京東路一段二十五號十樓之四
電話｜(02)25372497
傳真｜(02)25374409
網址｜Alonepublishing.blogspot.com
信箱｜Alonepublishing@gmail.com

總經銷｜聯合發行股份有限公司
電話｜(02)2917-8022
傳真｜(02)2915-6275

2021 年 12 月　初版
定價新台幣 350 元

This book is published with the support of the Literature Translation Institute of Korea (LTI Korea).

國家圖書館出版品預行編目(CIP)資料

你的4分33秒 / 李書修作 ; 謝麗玲翻譯 . -- 初版 . --
臺北市 : 一人出版社 , 2021.12
304面 ; 13.5 x 21公分
譯自 : 당신의 4분 33초
ISBN 978-986-97951-8-0(平裝)

862.57 110017564